女生徒

[日] 太宰治
だざいおさむ
著

陆求实　译

天津出版传媒集团

天津人民出版社

果麦文化 出品

太宰治　摄于1948年2月

目录

雪夜的故事

　　那天，一早起就下雪了。之前开始着手为小鹤（我侄女）缝制的裙裤终于完成，那天从学校回家的路上，我就顺道弯去了位于中野的婶婶家，将它送过去。等到我带着两片婶婶送我的鱿鱼干走到吉祥寺车站时，天色早已经暗了，雪积了足有一尺多深，而且雪还在无声地下着，停不下来。我因为穿着长筒雨靴，所以兴致勃勃的，故意挑积雪深的地方走。等到了家跟前的邮筒附近时，才恍然发现，夹在腋下、用报纸包着的两片鱿鱼干不见了。我这个人向来大大咧咧的，不过丢东西这种事情倒从未发生过，那天大概是因为积了很深的雪而兴奋不已的缘故吧，竟然丢东西了。我不禁垂头丧气。尽管为了两片鱿鱼干而沮丧这种事拿不到台面上来讲，太丢人了，可我这本来是打算送给嫂子的呀。嫂子今年夏天就要生孩子了，由于肚里怀了宝宝，她老是感觉肚子饿。加上肚里的孩子，她得吃两个人的份呢。嫂子可不像我，她非常讲究行为举止，以前吃饭就像鸟吃食似的只吃一点点，而且从来不吃零嘴，现在却因为老感觉肚子饿，就想吃些特别的东西解解馋，她自己都觉得"真难为情"。前些时候，有天吃过晚餐同嫂子一起收拾打扫的时候，她叹着气悄声和我说，总觉得嘴里发苦，好想含点鱿鱼干之类的在嘴里。我记住了，所以那天刚巧从中野的婶婶那里得到两片鱿鱼干，就想着将它统统送给嫂子，高高兴兴带回家，没想到却弄丢了，叫人好不沮丧。

诚如各位所知，我家里是哥哥、嫂子加上我三个人一同生活。哥哥是个怪人，也是位小说家，年近四十仍寂寂无名，因而日子过得很拮据。他总是说自己身体不舒服，每天吃了睡睡了吃，可是一张嘴巴却厉害得不得了，动辄哎哎不休地数落我们，但光说不做，家事压根儿不沾手，没办法，嫂子只得连那些男人的气力活儿都要自己动手做，真是怪可怜的。

一天，我实在气愤不过，说道：

"哥哥，你偶尔也挎个包、出去买买菜什么的吧！

别人家做丈夫的都是这样的啊。"

我这么一说，他马上唰地绷起脸来骂道："混账！我可不是那种低贱的男人！你听好了，季实子（嫂子的名字）也给我好好记住：即使我们一家都快饿死了，我也不会干上街买菜那种丢人现眼的事！你们都记住了，这是我最后的一点自尊！"

呵呵，这决心听起来倒确实很坚决，不过我还是有一点不明白：哥哥究竟是憎厌那些自认是为国分忧而外出购物的大军，还是因为自己懒惰才不愿意外出呢？我父亲和母亲都是东京人，但因为父亲曾长期在东北山形县的政府部门工作，哥哥和我都是在山形出生的。父亲于山形故世时，哥哥约莫二十岁，我则还是个婴孩，由母亲背着，母子三人回了东京。早几年，母亲去世了，现在哥哥、嫂子和我三人组成了一个家庭。由于我们没有老家，所以不像别的人家那样，时不时会从老家寄些吃的土特产来，加之哥哥是个怪脾气，与邻居几乎没有任何交往，因而喜出望外地得到别人赠送一点珍稀的食品这种事情从来不曾有过。所以，虽说只是带回两片鱿鱼干给嫂子，可她不知道会有多高兴哪。想到此，尽管觉得有些丢人，但我还是舍不得那两片鱿鱼干，我赶紧右转掉头，顺着走来的积雪路，一步一步地仔细搜寻过去，但一无所获。在白雪茫茫的街道上找一个白色的报纸包本来就非易事，再说这期间雪一刻没停地下，我又是从家附近折返到吉祥寺车站跟前的，所以连一颗石子都没发现。我叹了口气，换了只手撑着伞，抬起头望了望夜空，雪片仿佛数百万只萤火虫似的，在空中翻飞飘舞。我不由得想，真美啊！街道两旁的行道树枝被重重的雪压得向下低垂着，不时还轻微颤动，好像在艰难地喘息一样，不知不觉中，我感觉自己宛如置身在童话世界一般，鱿鱼干的事情早忘掉了。忽然，我想到一个奇妙的主意：把这美丽的雪景带给嫂子！比起鱿鱼干，这样的礼物不知要好上多少倍呢，一心只想到食品什么的，真的令人生厌哪，实在是让人难为情。

哥哥曾告诉过我，人的眼睛可以将看到的景物存储起来，例如对着电灯凝视片刻，然后闭上眼睛，眼皮内侧仍会栩栩如生地映现出电灯的影像，就是其证据。说到这个，哥哥还告诉我，从前在丹麦曾有过这样一件事，接着和我说起了下面这个小故事。哥哥说的话经常是胡拉混扯的，一点都不可信，不过当时哥哥讲的这个故事，即使是他编出来的，也让我觉得非常感人。

从前，有位丹麦医生为一个因海上失事而身亡的年轻船夫做尸体解剖，在用显微镜检视眼球的时候，在其视网膜上发现了一幅一家人团圆的温馨影像，医生将这一奇妙发现告诉了自己的作家朋友，作家朋友当即对这种不可思议的现象做出了解释：这名不幸的船夫连同船一起被海浪掀翻，掉落海中，后又被冲到岸边灯塔下，船夫使尽全身气力抓住了灯塔的窗台，心中涌起生的希望，正要大声呼救，恰巧看到窗内灯塔看守人一家正围坐在一起吃晚餐，餐桌上的东西尽管很简朴，但是一家人其乐融融。船夫于是心想，哎呀，不行，假如我现在大声喊叫"救命！"势必会把这家人幸福团圆的时刻搅乱。稍一迟疑，筋疲力竭的船夫抓着窗台的手松了，正好此时"哗——"的一股大浪向他扑来，将船夫冲向大海深处。这名船夫是世界上最善良、最高尚的人啊。听了作家的一番解释，医生也深以为然，于是二人怀着恭敬之情厚葬了船夫的尸体。

　　我愿意相信这个故事。即使从科学上讲是不可能的事，我仍愿意相信它是真的。在那个飘雪之夜，我情不自禁想起了这个故事，我准备将这幅美景藏在眼底，然后带回家，对嫂子说一声：

"嫂子，你多看几眼我眼睛里的景象，好让你肚子里的孩子长得更加漂亮！"

此前，嫂子曾经笑着对哥哥说起："你在我屋里的墙上贴几张美人的画片，我每天看着它们，好生一个漂漂亮亮的孩子！"

哥哥认真地点了点头道："唔，胎教？这可是非常重要的哩。"

之后，哥哥将一枚婀娜艳丽的孙次郎[1]能面画片和一枚可爱的雪小面[2]能面画片并排贴在墙上，接着又将一枚愁容满面的自己的照片贴在了两枚画片的中间，实在令人受不了。

"拜托了，那个……你的照片请拿掉好吗？看到它，我觉得胸口难受。"一向老实巴交的嫂子也终于忍无可忍，合掌祈求着让哥哥将他自己的照片揭下来，想必她看到这照片，就仿佛看到一张猴子般滑稽丑陋的脸吧。哥哥长着一张那样无可名状的脸，可他大概还觉得自己

1　孙次郎：日本能剧所用的面具之一，形象丰润美丽，主要用于旦角戏，据说由能面制作大师金刚孙次郎根据亡妻的形象创作而成，故名。——译者注，下同。

2　雪小面：日本能剧面具之一，用于年轻可爱的少女。

算个美男子吧，真是让人服了。眼下嫂子为了肚里的孩子，一心只想每时每刻都凝望着这世界上最美丽的景物，我若是将今夜如此美妙的雪景牢牢印在眼底，然后带回家给嫂子看，嫂子那份高兴，准定比收到鱿鱼干多数倍数十倍都不止啊。

我不再去想鱿鱼干，踏上回家的路。一路上，我尽量多地饱览周围的景色，不光是眼底，我将这纯白莹洁的美景也印在了我的心底。

一回到家，我赶忙对嫂子道：

"嫂子，快来看我的眼睛！我眼底里藏了好多美丽的景色呀。"

"什么，怎么回事呀？"嫂子笑着站在那里，将手按在我的肩头，"你的眼睛怎么了？"

"咦，哥哥不是说过的吗，人眼看到的景色不会马上消失，它会被存储起来，印在眼底的呀？"

"你哥说的话啊，我已经忘了。他说的呀，基本上都是胡编的。"

"可是，这句话是真的哟，我宁愿相信他这句说的是真的。所以呢，你快来看我的眼睛，我刚才看了好多好多美丽的雪景，全藏在眼睛里了，你快看看，这样你就会生出一个皮肤像雪一样白细白细的漂亮宝宝了！"

嫂子面露感动，默默地注视着我的眼睛。

"喂！"

这时，哥哥从隔壁六席[3]房间走出来："春子（我的名字）的眼睛有什么好看的？你看她的还不如看我的，包管效果百倍呢！"

"为什么？！为什么？！"

我气得恨不得捶哥哥几下。

"嫂子说了呀，看到哥哥的脸啊眼睛什么的，胸口感到难受！"

"不至于吧，你哥哥我的眼睛看过二十年美丽的雪景，我在山形一直生活了二十年哪，春子还不懂事那会儿就来东京了，所以你不知道山形的漂亮雪景，看到东京的这一点点雪就以为不得了了，我看过的雪景比你多几百倍几千倍哩，看得都有点腻了。反正不管怎么说，我的眼睛比春子的更美。"

我又气又恼，差一点想哭出来。这时候，嫂子来帮我了，她微笑着慢条斯理地说道："他爸，你的眼睛美

3　席：日本传统的和式住宅以席为单位表示居室面积，一席即一张榻榻米大小，标准为长 180 厘米、宽 90 厘米，面积约 1.62 平方米。

丽的景色是看得比春子多几百倍几千倍，可是你眼睛看过的肮脏的东西也比她多几百倍几千倍呢！"

"没错！没错！看过的坏东西比好东西还要多，所以你的眼睛才这么黄这么混浊呢。嘿，说得太好了！"

"瞧把你得意的样！"

哥哥气鼓鼓地绷着脸，回到隔壁的六席房里去了。

女生徒

　　早上醒来时的感觉实在不舒服。就好像玩捉迷藏时，一动也不动地蜷在黑乎乎的壁橱中，突然，壁橱门"哗啦"一声被人促急忙乱地拉开，光线倏地照射进来，随后听到对方气急败坏地大声叫道："找到你了！"刺眼的光亮，加上些许尴尬，胸口扑通扑通直跳，掖紧和服前襟，垂头丧气地从壁橱里出来，一下子有点恼羞成怒的那种感觉。哦，不对，不是那种感觉，而是更加让人不堪的感觉，仿佛打开一只匣子，里面是一只小匣子，将小匣子打开，里面还有一只小匣子，再打开小匣子，里面却是一只更小的匣子，再打开这只更小的匣子，仍然层层套着小小的匣子，一直打开了七八只匣子才算完，最后取出一只骰子般大小的匣子，轻轻打开一瞧，里面却什么也没有，是只空匣子——就有点近乎那种感觉。

要说是忽地一下子睁开眼的，那是骗人。先是眼前一片混沌，然后翳塞的浊物渐渐往下沉淀，一点点露出清廓，最后才有气无力地睁开眼睛。不知为什么，早晨总是令人沮丧，许许多多让人不高兴的事情一齐涌上心头，叫人受不了。讨厌！真讨厌！早晨的我最讨厌了，两腿酸软无力，什么都不想做，也许是夜里睡得不踏实的缘故。

要说早晨精神抖擞，那也是骗人。早晨是灰色的，每天都如此，是最空虚的时刻。早上躺在床上，总会感到悲观，感到厌世，种种令人讨厌的懊丧悔恨，一下子涌至胸口，转侧难安，痛苦不堪。

早晨，实在可恶。

我试着小声地叫道："爸爸！"说来奇怪，随着一种自疚同时又是一种欣快的心情，我腾地仰身起床，手脚麻利地叠好被褥。抱起被褥的时候，嘴里还自己给自己鼓着劲儿："嗨哟！"但随即意识到，迄今为止，我从来未曾想到过，自己会是这样的女生，竟然脱口而出"嗨哟"这种低俗的字眼来。"嗨哟"似乎是老太婆才会使用的吆喝，真讨厌。为什么我会用这样的字眼给自己鼓劲？也许在我身体的某个角落，潜匿着一个老太婆吧，这真让人心情糟糕，以后我可得小心了。这就像对于别人俗鄙的步态蹙额皱眉，冷不丁却发现自己的步态与之毫无二致，不免令人万分沮丧。

晨起的我向来毫无自信。穿着睡衣坐在梳妆台前，不戴眼镜，朝镜子里看去，整张脸显得有些模糊，似乎带着点潮润。虽然我最讨厌脸上这副眼镜，不过它也有着旁人无从知晓的好处。我喜欢摘掉眼镜，朝远处眺望，此时整个世界都变得朦朦胧胧，恍若梦境，又仿佛西洋镜，非常美。所有的浊物一概看不见，只有庞大的物体，鲜艳、强烈的色块及光线映入眼帘。我还喜欢摘掉眼镜看人，所有人的面部看上去都会显得亲切、笑容可掬。此外，摘下眼镜的时候，我绝对不会想要和其他人发生争执，也不会口吐粗言恶语，只会默默地、心神恍惚地发怔。那种时候，我只觉得每个人看上去都很善良，于是我便更加安于心神恍惚，甚至很想任情随性一番，心境也变得极为平和安详。

不过，我仍然不喜欢眼镜。一戴上眼镜，感觉整个脸部就消失了，脸上所表现出的种种情绪，浪漫、友善、激动、怯懦、天真、哀愁，这些情绪全都被眼镜所遮掉。再有，想以眉目传情也会变得滑稽不堪，根本没法做到。

眼镜真是个怪物。

不知为什么，我一直觉得我的眼镜很讨厌，而拥有一对美丽的眸子才是最理想的。即使没有鼻子，嘴巴被掩住，但只要拥有这样一对眸子——只要看到这对眸子，便会让人觉得自己必须活得更加精彩——就已经足矣。我的眼睛光是大，却完全说不上美丽，所以凝视着自己的双眸，会令我十分沮丧，连母亲都说我的眼睛一点也不漂亮，应该说它毫无神采吧。煤球儿！一想到这个我就沮丧万分，居然长成这副模样，太可气了！照镜子的时候，每每我都痛切地期望自己的眸子能够更加幽洁津润，就像碧清的湖水般，或像躺在青青草原上仰望昊空的那种眼睛，能映出不时飘过的云彩，甚至连鸟儿的姿影也能够清清楚楚地照映出来。我憧憬着与众多拥有美丽眼眸的人相遇。

从今早起就是五月了，想到此，莫名其妙地就有些喜不自禁。毕竟这是令人开心的事。很快夏天也将到来。来到庭院，草莓花映入眼帘。父亲去世这一事实叫人无法想象，死、离别，这种事情让人很难理解，不知所以。

我想念姐姐、想念离去的人、想念许久不见的人。每天早晨，见鬼了似的总会无聊地想起那些已经过去的事和已经作古的人，它们好像腌咸萝卜的气味一样萦绕着我，真叫人受不了。

贾皮和可儿（因为是条可怜的狗，所以叫它可儿）两条狗窝着伴儿一齐朝我跑过来。两条狗并排趴在我面前，我尽情地亲抚了贾皮一阵。贾皮毛色雪白、又有光泽，很漂亮，可儿却脏兮兮的。我在抚摸贾皮时，清楚地看到一旁可儿哭丧着脸的表情。我很清楚可儿是条残疾狗，可儿既可悲，又让人为难，我是觉得它实在太可怜了，才故意冷淡它。它看来像条无家可归的野狗，不知道什么时候就会落入捕杀野狗的人之手，它的腿有残疾，跑起来踉踉跄跄的想逃也逃不脱。可儿，赶快到山里去吧，谁都不喜欢你，还不如早点去死呢。不光是对可儿，我对人也会做出些不可容忍的事，为难人家、激怒人家，真的是个令人讨厌的孩子。我坐在檐廊上，一面亲抚着贾皮的脑袋，一面望着明艳醒目的初夏新绿，不觉悲从中来，恨不得一屁股坐到泥地上。

我试着想哭出来。使劲屏住呼吸，憋到眼睛充血，也许会憋出一点点眼泪来吧，我试着这样做了，但是却没成功。或许我变成了一个不会掉眼泪的女孩。

我打消了这个念头，开始打扫屋子。一边打扫一边不经意地哼起了《唐人阿吉》[4]。我环顾了一下四周。想不到平时热衷于莫扎特、巴赫的我，竟然下意识地哼起《唐人阿吉》的小调，真可笑。抱着被褥直起身时"嗨哟！"一声给自己鼓劲，打扫屋子时哼唱《唐人阿吉》，我真是无可救药了。照此下去，睡觉说梦话时还不知道会蹦出什么样俗鄙的话来呢。我感到非常不安，但是又莫名地觉得可笑，于是停下手中的扫帚，独自痴笑起来。

我穿上昨天新做的衬衣，胸口处绣了一朵小小的白蔷薇。穿上上衣，这朵刺绣小花就看不见了，谁都不会知道，为此我有点小得意。

母亲正起劲地在帮人作媒，一大早就出门了。自我小时候起，母亲就常为别人的事尽心尽力，我早已习以为常，不过还是非常吃惊并且深感佩服，母亲真是个闲不下来的人哪。因为父亲只知道埋头读书，所以母亲连

4　唐人阿吉：真实存在的人物，本名斋藤吉，日本幕府末期时的艺伎，曾为美国首任驻日总领事哈里斯的侍妾，因为这段经历而受到社会蔑视，后投河自尽。昭和初期十一谷义三郎根据她的不幸身世写成小说《唐人阿吉》，并被拍摄成电影、改编成通俗戏曲，才使得她的故事在世间广泛流传并得到人们的同情。

父亲那一份也一并做了。父亲生性便压根儿不善社交，而母亲却喜欢与在一起令人心情愉悦的人结交成群，两人各有其好，却能够彼此尊重，称得上是一对心无稔恶、善良而又散淡的夫妇。哦，值得骄傲，值得骄傲。

趁着酱汤还没煮好，我坐在厨房门口，出神地望着屋前的杂树林。忽然觉得，以前，还有今后，我似乎总是像现在这样坐在厨房门口，用一种同样的姿势呆望着屋前的杂树林，想着同样的事情，蓦地浮起一种奇妙的感觉，过去、现在、还有未来，统统能在这一瞬之间感受到。我时不时会想象这样的情形：和谁坐在屋子里说着话，视线不由自主往桌子的一角移去，然后啪地停住，一动不动，嘴巴却仍旧在翕动。这时候，我就会有种奇怪的错觉，似乎从前的某一天自己就是这样一种姿势，正和人说着同样的事，视线也是渐渐移向桌子的一角，并且我坚信，同样的情形今后还会原封不动、毫无二致地发生在自己身上。不管顺着乡间的野路走多远，我都会深信这条路自己以前也曾走过。走在野路上，顺手摘下路旁的豆叶，这时就会想，以前也在这条路的这个地方摘过豆叶，而且我相信，不管今后在这条路上走多少遍，同样会在这儿摘豆叶。又有一次，我正泡着澡，无意中端详起自己的手来，于是便想到，今后再过多少年，洗澡的时候一定还会浮想起今日此时这样不经意地对着手端详，并且倏地有所思有所感的情形。想到这一点，莫名地就会心情黯然。还有一次，傍晚我在将饭盛入饭桶的时候，说灵光乍现不无夸张，但是真切地感觉到身体内有个东西"倏——"地在游走，怎么形容呢？姑且称之为"哲学之灵豸"吧，在它的东冲西突下，我的脑颅、胸膛，角角落落全都变得透明起来，心绪骤然宁定，感觉自己能够坦然去面对未来，就像琼脂无声无息、静静地从模盒中一点点倒出时那样，以那种柔软性、顺适性，适俗随时，轻松而美好地度过此生。当然这时候就不能自矜什么哲学了，依我的预感，应该会像只偷来的猫一样，悄无声息地活着，反正不是什么好事，只会令人胆寒。那样的心境长此以往下去，人最终就会变成圣徒吧。

　　说到底，我是太松闲了，没有承受过生活的辛苦，每天数百上千的所见所闻引发的感受无可排遣，成天发呆愣怔，这些无聊意念才会像幽灵似的，接连不断地浮现在脑海中吧。

　　我独自一人坐在饭厅吃饭。这是今年第一次吃到黄瓜，看到青翠的黄瓜，就知道夏天即将到来。五月的黄瓜青涩味中带着些许哀伤，让人心口隐隐发痛、发痒、感觉空落落的。每次独自在饭厅吃饭时，我就会胡思乱想，特别想去旅行，想乘火车。拿起报纸扫了几眼，上面刊登着一幅近卫先生的照片，近卫先生算个美男子吧，但我不喜欢这张脸，额头长得不好看。读报纸上的图书广告最有意思，因为一字一行大概都要收取一百元、二百元的广告费，所以都是人们尽其所能，长吁短叹、绞尽脑汁想出来的美文，目的就是要发挥其最大的效用。这样字字如金的文章世上不多吧，读着它我莫名地感到心情舒畅，真痛快。

吃完饭，关好门上学去。尽管觉得应该不会下雨，可因为太想带着昨天从母亲那里要来的漂亮雨伞走在路上，于是还是带上了它。这把西式雨伞是母亲少女时代用过的，翻出来这把漂亮的伞，让我有些得意扬扬，我真想撑着这把伞行走在巴黎的街道上。等眼下这场战争结束，这种带有梦幻色彩的复古雨伞想必一定会流行的。这种雨伞与系带的无边软帽想必非常般配。穿上粉红色的长摆、大开襟连衣裙，戴着黑绸蕾丝长手套，宽宽的帽檐上插一枝紫花地丁，我就这样，在浓荫的季节踩着巴黎的街道去餐馆吃午餐。在我慵懒地托着腮，望着窗外交错的人流时，有人轻轻拍了拍我的肩头。瞬霎间音乐响起，《南国玫瑰圆舞曲》[5]——哦！太可笑了！太可笑了！可惜现实中只有一把老气而外形奇特的长柄雨伞。我真是凄惨可怜！就好像卖火柴的女孩。喂喂，还是去拔草吧！

出门时，顺手将门前的草拔掉了一些，算是为母亲做一点小小贡献，说不定今天会发生什么好事情呢。同样是草，为什么有的我这么想拔掉它们，有的我却悄悄留了它们一条生路呢？可爱的草与不可爱的草，外形上没有任何区别，可为什么有的会让人怜悯，有的却令人生厌呢？毫无道理嘛。女人的喜欢或者讨厌，实在是靠不住的。

结束了十分钟的劳作，我急急地朝车站方向走去。穿过田埂路时，我忍不住想要画画。途中，我穿过神社前的森林小道，这是我独自发现的一条近道。从林间小道走过，不经意地看了看脚下，到处是一丛一丛的麦苗，

5　南国玫瑰园舞曲：小约翰·施特劳斯根据他自己创作的轻歌剧《女王束带里的手帕》的音乐编写而成的圆舞曲，题献给意大利国王，"南国"指热情的南欧国家意大利。

约有两寸来长。看到青青的小苗，就知道今年又有军队从这儿经过。去年就有许多军人和马匹来到这儿，在神社前的这片森林中歇息。过了一阵子后来这里一看，森林中很快长出了一片麦苗，就像今天这样子。不过，这些麦苗不会再继续生长的。今年这些麦苗同样是从军队马匹驮着的粮草袋中散落在地长出来的，森林里很昏暗，细挑的麦苗完全照射不到阳光，长到这样高很快便会死去，真可怜。

　　穿过神社前的森林小道，在车站附近，碰上四五名工人，他们像往常一样，朝我吐着学都没法学的粗鄙的话，让我一时不知如何才好。我想赶上这些工人，一点点走到他们前面去，但如果那样，势必得从他们的缝隙中间穿过，和他们贴身挤撞。太可怕了。虽说如此，但若是默默停下不走，让工人们先走过去以便与他们拉开一定距离，则更需要足够的胆量，因为那样做无异于对他们失礼了，说不定会惹怒工人们。我浑身发烫，紧张得差一点哭出来，可又不好意思让人看到我哭的丑态，只得对着工人们强挤出一副笑容，随后缓步跟在他们后面。当时虽说就这么对付过去了，但直到乘上电车，那份懊丧仍没有随之消逝。我暗暗期盼自己赶快变得坚强起来、不卑不亢，好再面对这类无聊事情的时候能淡然处之。

紧挨车门旁有个空座，我将书包轻轻地放在座上，然后抒了抒裙褶，正准备坐下去，一个戴眼镜的男人毫不客气地将我的书包挪开，一屁股坐了下去。

"对不起，这个、是我先找到的座位……"男人听了，只是苦笑一笑，便若无其事地看起报纸来。仔细想想，还真不好说是谁厚脸皮，也许厚脸皮的是我呢。

没办法，我只得将雨伞和书包搁到行李架上，单手拉着皮吊环，像往常一样，打算翻阅杂志消磨时间。一只手随意翻着杂志，脑子里却想着些古里古怪的事。

假设就以自己读书这件事来说的话，毫无涉世经验的我恐怕只能堆起一副哭丧脸了吧。我对书上所写的东西太过信赖，读了一本书，我就会一下子耽于其中而难以自拔，深信、同化、共鸣，并将它照搬到日常生活中来。换了一本书读，又一个一百八十度转弯，完全变成了另一副嘴脸。窃取他人的想法，毫不犹豫地拿来变成自己的想法，这种才能、这种小聪明，便是我唯一的擅长之技。说真的，我已经厌烦了这种小聪明、偷奸耍滑。日复一日，每天反复不断地出错失败、经历过各种丢人现眼，或许才能变得沉稳一些。然而，即使经历种种失败，看来我也能牵强附会找一个理由，加以一番巧妙的敷衍，瞎编出一套煞有介事的理论，扬扬自得地演一出又肤浅又蹩脚的戏码来。

（我从某本书上读到过类似的话）

我不知道哪一个才是真正的自己。没有了可读的书，找不到效仿的样板时，我会怎么样？大概会一筹莫展，整日蜷局瑟缩着，涕泗横流吧。总之，每天在电车里都会这样不着边际地胡思乱想，真是糟糕透了。讨厌，身上的余温未退，仍感觉到有点发热——我知道自己必须做点什么，无论如何必须做点什么，但究竟怎样，才能明确地找到自我？之前的自我批评实在是毫无意义，当试着自我批评时，一旦触及讨厌的自身的缺点，立刻又坚决不起来，反而耽悦其中，自顾自怜，最后得出结论是不该磨瑕毁玉，所以压根儿谈不上自我批评。这样一来，反倒是什么都不想、毫无反省更好一些呢。

这本杂志里有一组题为《年轻女孩的缺点》的文章，有各种各样的人投稿，读着读着会情不自禁感到羞赧，好像他们在说我一样。这些投稿者人分各色，平时让人感觉愚笨的人果然写出来的文字也透着傻气，看照片感觉很时尚的人用的字眼也很时尚，非常滑稽，我一面读一面时不时会嗤嗤发笑。宗教家动辄搬出他的信仰，教育家从头到脚离不开恩呀恩的，政治家卖弄汉诗，作家则拿腔捏调地炫示华丽的辞藻……真有意思。

然而，所有人写的都没错：缺少个性；缺少内涵；与正当的欲望、正当的野心那类东西相去甚远，换句话说，就是缺少理想；虽然有时候也会自我批评，但并不懂得积极地与自己的生活实际联系起来；缺少反省；缺少真正的自觉、自爱、自重；敢于鼓起勇气去行动，但对行动的结果敢不敢负责任就不好说了；能顺应自己周遭的生活方式并善于加以改造，但对自己和周遭的生活方式却没有执着的热情；缺少真正的谦逊；缺少独创性；一味模仿；缺少人类天性中应有的"爱"这种意识；假装高雅，实际上一点也不高雅……此外还有很多。说真的，很多文字读了令人蓦然顿悟，根本无力反驳。

不过，这上面所有的文字感觉都很乐观，似乎一点也不带有他们平时的情绪，他们只是为写而写。文章里多处出现"真正的""应有的"这类限制定语，但"应有的"爱、"真正的"自觉究竟是什么呢？却没有一目了然地写明白。也许他们是知道的。倘若真是这样，如果说得再具体一点，用一句话，往左还是往右，就一句话，权威性地为我们做出指示来，那该多好啊。我们已经迷失了爱的表达法则，所以不要说这样不行、那样不行，而是坚定地告诉我们必须这样做、那样做的话，我们全都会遵从照办的。或许大家都缺乏自信，向杂志投稿发表意见的人，大概在任何时候、任何场合，也都不会说出"我认为应当如何如何"。虽然被指责说缺少正当的欲望、正当的野心，可一旦我们付诸行动去追求正确理想的时候，他们又能给予我们多少关注、给予我们多少指引呢。

尽管眼下还有些朦胧不清，对我们而言，我们知道什么才是应该去往的理想之所、什么才是自己向往的美好之所、什么才是能令自己成熟成长之所。我们想拥有好的生活。正因如此，我们是怀有正当的欲望、正当的野心的，只是想赶快觅得一个值得依赖、不容动摇的信念。然而，一个女生要将这些全部通过自己的生活去实现，需要付出多么巨大的努力啊，因为不得不考虑母亲、父亲、姐姐、哥哥们的想法（虽然口头上有时候会略嫌他们古板，但对人生的前辈、老人、已婚人士绝不敢怀有半点轻视，非但如此，甚至常常自愧不如拜服不止呢），还有切断不掉生活往来的亲戚，还有各种认识的人，还有朋友，此外，还有永远以一股强大力量驱使我们往前、被称为"世道"的东西。想到、看到、再思考一下所有这些因素，所谓舒展自己的个性岂是件轻而易举的事情，现实令人不得不意识到，去锋藏芒，不声不响地沿着大多数人所走的路规步前行，这才是最巧捷的做法，而将面向少数人的教育广施大众，不啻是种残毒的行为。随着年龄渐增，我逐渐明白，学校的修身教育与社会的既有规范大不一样，一味遵从学校所学的道德，这样的人会吃亏上当的，也会被视作怪人，成不了才，贫困一辈子。不说谎的人有么？倘若有，他永远只能是个失败者。在我的私亲当中，有个品行端正、怀有坚定的信念、追求理想、堪称真正活得很有意义的人，却遭到所有亲戚的耻笑，视其为笨伯一个。我自然无法做到明知会被众人视为笨蛋、背负一个失败的人生，仍不顾母亲和众人的反对，一味按照自己的意志去行事。小时候，当我发现自己的想法和众人截然不同时，曾问过母亲"为什么？"其时，母亲非常生气地一句话就给我顶了回来："你太可恶了，简直像个品行不端的野孩子！"看得出，母亲很替我感到悲哀。我还问过父亲，当时父亲只是笑了笑，没有言语，听说后来他对母亲说我是个"偏离常识的小孩"。随着一点点长大，我变得谨小慎微、犹豫不决起来，哪怕做一件衣服，也要顾虑到每一个人的感受。虽说暗地里珍惜自己身上仅有的一点个性，祈盼能一直保持下去，却不敢明明白白地表达出来。我总想成为众人心目中的好女孩。和大家在一起的时候，我低声下气到极点，一叠连声地说着自己并不想说、违背本意的话，因为我觉得这样说不会吃亏。我真的很讨厌这样。倘若道德规范能早日彻底转变就好了，那样我就不用再这样低声下气，也不用因为顾忌别人的想法而成天过着赧然汗下的生活了。

唔，那边的座位空出来了。我连忙从行李架上取下书包和雨伞，敏捷地坐了过去。右首是个中学生，左首是个身穿无领短棉罩衣、背着个婴儿的太太。这个太太一把年岁了，却还化着厚厚的妆、盘着时兴的发型，脸倒长得很漂亮，但脖颈下堆挤着黑黑的皱纹，简直不堪入目，恶心极了，让人恨不能上去扇她两下。

人站的时候与坐着的时候思考的事竟会截然不同。一坐下来，脑子里想的尽是些窝里窝囊的无聊事情。我对面位子上坐着四五个看上去年龄相仿的上班族，愣怔怔的，估摸着大概三十上下吧。他们个个让人讨厌，眼神迷离，一副睡意惺忪的样子，一点都不精神。但假设我现在对他们中的一个投以莞尔一笑，说不定仅凭这一个举动，我就会陷入被生拉硬扯着非同那人结婚不可的困境。女人决定自己的命运，仅凭一个微笑就足够了。太可怕了，真是不可思议。我必须小心。

今天脑子里想的，尽是些滑稽可笑的事。此刻眼前忽然浮现出两三天前来家里修剪庭院的花匠的脸来，赶也赶不走。他从头到脚都是花匠的装束，但那张脸却怎么看也不像，夸张点说，他的脸宛若思想家：肤色黝黑，看起来很结实，眼睛很漂亮，眉距稍窄，鼻头塌得厉害，好在与黝黑的肌肤配在一起，反而显得意志坚强，嘴唇的形状也好看，耳朵上沾了点污泥，只有看到那双手才让人回过神来意识到他是个花匠，但那戴着黑色软帽站在树荫下的那张脸，令人觉得他当一名花匠真是可惜了。我曾再三向母亲打听他是不是一直就是花匠，最后还被母亲斥责了一通。

今早拿来裹书的包袱布是那个花匠第一次来我家那天，我向母亲要来的。那天家里大扫除，厨房改造的工人、榻榻米翻修的工人都来到家中，母亲将衣橱收拾整理了一番，于是翻出这枚包袱布，我从母亲那里要了来。这是枚漂亮的包袱布，女气十足。这么漂亮的包袱布结成一团太可惜了，我坐着，将它搁在膝上反反复复静静地看着，抚摸着，我想让整节车厢的人都看到它，可是没有人看它一眼。这么可爱的包袱布，谁要是肯凝视它几眼，我嫁给他都行啊。

想到"本能"这个词，我就忍不住想哭。本能的力量之强大，我们的意志根本无法控制，当我通过许多事例渐渐明白这一点后，我几乎绝望到要发疯。应该怎么办？我感到困惑，不能否定，也无法肯定，感觉似乎有个硕大无朋的东西压在头顶上，并且随心所欲地拉着我到处走，此时我的心情既因为被拉着走而满足，与此同时，也仿佛带着悲哀的心情冷漠旁观一般。为什么我们不能自我满足、一生只爱自己一个人呢？看着本能将我以前的感情、理性一点点吞蚀掉，真叫人可悲可叹。哪怕将自我稍许忘却，其后我都会感觉极度的衰颓，使我清楚地意识到，这样的自我、那样的自我原来都潜匿着本能，我不禁掩面欲泣，差一点哭爹喊娘。并且，真实这东西往往出乎意料地就存在于自己讨厌的事实中，这尤其令人叹憾。

　　御茶水站到了。走下站台，不知为何所有事情都消逝得干干净净。我赶忙努力回忆刚才思考的事情，却怎么也浮现不出。我有点着急，还想接下去继续思考呢，可是什么都想不起来，大脑一片空白。刚才还一会儿心情激动，一会儿羞愧难当，然而事过时移，又像什么都没发生过一样。"现在"这个瞬间真的很有意思，就在人"现在、现在、现在"地掐指计算的时候，"现在"已经倏地逝向远方，而新的"现在"已然到来。我走上跨越铁轨的连廊的楼梯时一直在想，那究竟是什么事，我真是犯傻。也许我有点幸福过头了吧。

　　今天的小杉老师很美，像我的包袱布一样美。漂亮的蓝色很适合老师，胸前火红的康乃馨很抢眼，假如去掉"做作"，我会更加喜欢这位老师，她有点过分拿腔作样，让人总感觉不那么自然，她这样子想必会很累吧。她的性格也令人难以捉摸，身上很多地方让人无法理解。本来性情沉郁，却还要强作开朗明快的样子。不过无论怎么说，她是个很有魅力的女人，当一名学校老师真可惜。尽管在课堂上她的人气已不如从前，但我——只有我一人——仍和以前一样被她深深吸引。她给人的感觉，像是生活在山中或是湖畔古城堡里的千金小姐。我这可是极不寻常的夸赞。说起小杉老师，为什么总是这样一本正经呢？该不是傻吧，太可悲了。从刚才起一直唠里唠叨地就爱国心啰唆个没完，那不是尽人皆知的事情吗？不管什么人，对自己的出生地都是满怀着爱的，真是无聊。我以手托腮，撑在桌上，呆呆地望着窗外。风很大，将云彩吹成漂亮的形状。庭院一角，开着四朵蔷薇花，一朵黄色，两朵白色，还有一朵粉红色的。我心不在焉地望着花，心想，其实人也有其好的方面，发现花的美丽的是人，爱悦花的还是人。

午餐的时候，聊起了鬼怪。安米小姐讲述的一高[6]"七大不可思议"之一"打不开的门"，吓得大家哇哇直叫，它不是那种一惊一乍的，而是让人打从心底感到害怕的恐怖，因而很有意思。因为闹得很疯，刚吃过午餐大伙儿又感觉肚子饿了，于是向"面包夫人"要了牛奶糖，随后又沉浸在恐怖故事中。聊起鬼怪故事来，谁都感到兴味盎然，这或许是我们的一个兴奋点吧。后

6　一高：推测应为第一高等中学，位于东京都文京区弥生町，后搬迁至目黑区驹场，其前身为东京英语学校，附属于东京大学预备科，后从东京大学分离，第二次世界大战后并入东京大学教养学部。

来又讲了久原房之助[7]的故事，这个不是讲鬼怪的，但也很有趣。

下午图画课时，大家都到学校的庭院里练习写生。不知道为什么，伊藤老师老是毫无名堂地让我犯难。今天，他又要我当他的绘画模特儿。早上我带来的旧雨伞在班里大受欢迎，大伙儿七嘴八舌热闹了一阵，结果伊藤老师也知道了，他便吩咐我，要我拿着伞站到庭院一角的蔷薇丛旁边，说是要将我的这个姿影画下来，参加下一次的展览。我答应老师，只给他当三十分钟的模特儿。哪怕只是一点点，只要能对别人有所帮助，我就觉得高兴。不过，和伊藤老师两人面对面时，非常累人。他絮絮叨叨地一直说个没完，谬论一大堆，大概是过于强烈地意识到我的存在，他一面画草图一面絮叨，全都是有关我的事，我甚至懒得答理他，真烦人。他一点也不干脆。一忽儿暧昧地笑，一忽儿又显得很羞赧，可他是老师啊，看到他如此不痛快的样子，直叫我觉得恶心。还说什么"你让我想起了死去的妹妹"，真让人受不了。他人倒是个好人，就是太爱装模作样了。

7　久原房之助（1869—1965）：日本财阀、政治家，曾创立日立矿山、日立制作所、久原商事等大型企业。

说到装模作样，我也很会装模作样，比他好不到哪里去，并且我还很狡猾，懂得巧妙钻营，严格来讲这就是欺骗，所以往往会弄到不可收拾。"我假模假样的习惯了，慢慢地被假象牵着变成了个专门说谎的怪物了。"虽然我这样想，但这本身也是一个假象，其实我还是身不由己。别看我此时安安静静地站立着给老师充当模特儿，心里却一个劲地在痛切祈祷：让我活得自然些、纯朴些吧。不要再读那些无用的书了，仅仅活在观念当中、不懂装懂的高傲，我瞧不起你，瞧不起！喂，你缺少生活目标，你应该更加积极地投入生活、投入人生，你似乎内心在犹豫彷徨，因而常常摆出一副思考和烦恼的样子，其实那只不过是你廉价的感伤而已，你只是在自矜自怜，你太高估自己了！唉，让内心如此龌龊的我当模特儿，老师的画作注定会落选，画出来不可能美的呀。我觉得伊藤老师真傻，虽说我不应该这样，但他竟然连我衬衣上绣着一朵蔷薇花都不知道。

　　保持同样的姿势一声不吭地站立着，我忽然非常地渴望钱，只要十元也好。最想读《居里夫人传》。还有，我也真心希望母亲健康长寿。给老师当模特儿太辛苦了，我已经累得浑身瘫软。

放学后,我和寺庙住持的女儿琴子偷偷去"好莱坞"剪头发,剪完一看,不是我想要的发式,我大失所望。怎样看都不觉得可爱,我不禁心生委屈,万分颓丧。我们偷偷地跑来这种地方剪发,结果将自己弄得像只丑陋不堪的母鸡一样,我现在非常后悔,我们来这种地方,简直是自取其辱。

　　住持女儿却十分兴奋。"干脆就这样相亲去吧!"她胡言乱语起来。说着,她竟然产生了错觉,好像自己真的要去相亲一样。

　　"这样的发型插什么颜色的花好?""穿上和服的话,配上哪种腰带好啊?"她越说越一本正经了。

　　真是个心宽意适的可爱的人呢。

　　"你要跟谁去相亲?"我笑着问。

　　"有道是年糕当然得进年糕铺啊!"她若无其事地答道。

　　那是什么意思?我有些吃惊,问她她却这样回答,寺庙住持的女儿当然是嫁入寺庙最合适了,一辈子都不用愁吃穿了。这个回答又让我吃了一惊。琴子个性一点也不突出,也因为如此,她浑身洋溢着女性气质。在学校她和我同桌,虽然我对她并没有特别亲近,但她却向所有人表示我是她最好的朋友。真是个可爱的女生。她每隔一天给我写信，还常常不经意地照顾我，让我很是感激，不过今天她这样兴奋异常，到底还是令我对她产生了厌嫌。

和住持女儿分开后，我乘上巴士。说不清为什么，心情有些抑郁。在巴士上，我看见一个令人讨厌的女人，她身穿领襟满是污渍的和服，乱蓬蓬的棕红头发用一柄木梳卷起着，手上脚上脏兮兮的，还有一张红里透黑、凶巴巴的脸盘，男女莫辨。还有，啊呦！我简直想吐：那女人还挺着个大肚子。她不时自说自话地嗤笑。母鸡。可是，偷偷跑去"好莱坞"那种地方剪头发的我，跟这个女人也没什么两样。

我想起早上乘坐电车时坐在旁边化着浓妆的那个太太。唉，恶心，真恶心。女人就是讨厌。因为自己是女人，所以很清楚女人身上的膻秽，简直令我讨厌到咬牙切齿的地步，好像浑身渗着那股抓过金鱼之后沾上的难闻的腥臭，怎么洗也洗不掉。想到自己也将这样每天浑身散发着雌性的体臭，我突发奇想，真希望索性趁少女时就死了算了。无意间，我又幻想自己生病，倘若患上重病，让汗水像瀑布般淌个不停、身子暴瘦，或许我就能变得冰清玉洁。只要活着,终究都会面临这无法逃离的宿命吧——我感觉自己开始有点领会宗教的神圣意义了。

下了巴士,才稍稍舒了口气。车厢内令人太受不了,空气混浊,实在难受,还是大地令人舒爽,双脚踏在泥土上行走,就会喜欢上自己,感觉自己变得轻飘飘的,像只无忧无虑的蜻蜓。"回家喽回家喽,你在看什么呢?我在看田里的洋葱,青蛙在叫我要回家了。"我轻声哼唱起儿歌来,心里还在想:歌里这小孩怎么这么悠闲?换作是我,早就不耐烦了,这个背部一伸一驰的家伙让人讨厌透了。我要做个乖乖的女生。

回家的这条田埂小道,每天每天看得都生腻了,我已经感觉不到乡间是多么宁静,眼里只有树木、道路、田地。今天,我试着将自己想象成一个从外乡初到此地的人。我姑且就是神田那一带一名木屐匠的女儿,有生以来第一次踏上郊外的土地,在我眼里这乡间到底会是一幅什么样的景象呢?一个妙极了的构想。一个哭笑不得的构想。我于是换成另一副表情,故意大惊小怪地左右张望着。走下林荫小路时,我仰起头眺望着枝头的新绿,发出"哇!"的轻声惊叹;经过桥面铺着泥土的小木桥时，俯视小河，镜面一般平静的小河倒映出我的脸，我模仿野狗汪汪叫了两声；眺望远处的田野时，我眯起眼，迎着令人陶醉的微风，深呼一口气，喃喃道："真爽啊！"在神社我稍事休息。神社前的树林一片昏暗，我慌忙站起身："啊，可怕，可怕！"说着佝偻着身子疾步穿过树林，来到树林外，对外面的光亮故作惊讶，似乎一切都令我感到新奇。正当我小心地走在田埂小道时，忽然感到一阵莫名的空虚悲寂。终于，我走到道路旁的草地，一屁股坐在地上。坐下来后，方才雀跃的心绪倏地消逝而去，瞬霎之间恢复了本来的我。接着，我平静地、不紧不慢地开始反省这阵子的自己，为什么最近变得这样子呢？为什么感觉如此不安，好像总有个东西令我怯惧似的？前些时候有人说我："你越来越俗气了。"没错，我或许真的变得很差劲，很无趣。"真差劲！真差劲！糟透了！糟透了！"我冷不丁地差点大声喊出来。喊，用这样几声叫喊来掩饰自己的软弱，那是枉然之想。必须想想其他办法。也许我是恋爱了吧。我仰面朝天，躺卧在青青的草地上。

我试着呼唤道"爸爸！"爸爸、爸爸！晚霞映红的天空真美。粉红色的暮霭。大概是黄昏的落日溶入暮霭，洇染开来，暮霭才变成了这样柔和的粉红色吧。粉红色的暮霭轻徐地飘漾着，钻入树林、趋经小路、抚过草地、将我的身体轻轻裹起，我的每一根头发都闪耀着幽微的粉红色的光。它温柔地慰抚着我。更令我感动的，是这美丽的天空，我有生以来第一次想对这天空曲躬折腰，此时此刻，我相信神明是存在的。天空的色彩是什么颜色呢？蔷薇？火？彩虹？天使的翅膀？精舍？不，都不是，比这些更加庄严神圣。

"我爱这所有的一切！"我心中暗想，几乎热泪盈眶。我凝视天空，发现天空慢慢在变，渐渐带了些许青色。望着云动色变，我只顾惊叹，真想让自己裸露在这绝美的天地之间。隔了一会儿，树叶和草已不像先前看上去那样透明、美丽了，我伸手轻轻去触摸青草。

我一定要活得精彩。

回到家，发现来客人了，母亲也早已回了家。客厅里照例又传出热闹的笑声。当只有母亲和我两人的时候，母亲脸上再怎么挂着盈盈笑意，也不会用很高的声音说话，但是和客人说话时，就算脸上没有一丝笑容，也一定是声音高亢，透着笑意。打过招呼后，我立刻走到屋后，在井边洗手，然后又脱下鞋，洗了脚。这时候，鱼铺的老板来到我家："让你们久等了，谢谢你们关照！"说罢把一条大鱼搁在井台上便离去了。我不认识这是什么鱼，不过看鱼身上的鳞很细密，像是北海的鱼。我将鱼放到盆子里，随后又洗了一遍手，感觉有股北海道夏天的气息，令我想起前年暑假去北海道姐姐家游玩的情景。姐姐家在苫小牧，因为靠近海边，家里始终有一股鱼腥味。傍晚，姐姐独自在又大又冷清的厨房里用那双白皙粉嫩的手熟练地烧着鱼的情景，也清晰地浮现出来。我记得当时，说不清为什么我等不及地就是想和姐姐亲近一下，不过那时候姐姐已经生下小年，她不再属于我一个人，想到此，便感觉有股阴冷的贼风"飕——！"地钻进心口，宛似再也不能拥搂姐姐的细肩，心情犹如死去一般凄惶，站在昏暗的厨房一隅，凝望着姐姐那白皙的手指在轻盈舞动，看得竟至失了神。逝去的事情，全都让人怀恋不已。亲人，真是不可思议的关系，如果是旁人，记忆会渐远渐淡，终至忘却，而对于亲人，那些美好的事情却一直会被忆起。

井台旁的茱萸果已经略略泛红，大概再过两周就可以吃了。去年，出了件滑稽事。一天傍晚，我正独自采摘茱萸果吃时，贾皮一声不吭地在旁盯着我，我于心不忍便喂了它一颗,贾皮一口就吃了下去。又给了它一颗,又吃下去了。我感觉很惊奇,便摇动茱萸树,让果子"啪嗒啪嗒"掉下一地,贾皮于是忘我地吃了起来。笨狗狗!一只吃茱萸果的狗,我这还是头一次见到。我自己也挺直了身子,采摘茱萸果吃,贾皮则吃着地上的。可笑极了!忆起当时的情景,一下子想贾皮了。

"贾皮!"我唤道。

贾皮从玄关大模大样地跑过来。我忽然觉得贾皮太可爱了,简直让人爱到咬牙切齿,于是使劲抓住贾皮的尾巴,不想它轻轻咬了我的手一口,我眼泪差一点掉下来,于是在它的脑袋上打了一记,贾皮若无其事地在井台边喝起水来,发出很大的声响。

我回到房间,电灯幽幽地亮着。房间里一片静寂。父亲不在了。父亲不在,便觉得这家中空出来一大块位置,令人浑身难受。我换上和服,吻了一下脱下来的衬衣上那朵蔷薇花,随后坐到梳妆台前。从客厅传来母亲们"哇——"的哄笑声,我升起一股莫名的愤怒。家里只有母亲和我两个人的时候还好,可只要有客人来,很奇怪,她便会对我疏远、冷淡,每当这时,我就会特别想念父亲,非常难过。

对着镜子觑视，我的脸孔出乎意料显得神采飞扬，令我有些惊讶。这张脸是另一个人的，与我悲伤、痛苦的心情毫无关系，它恬然自适。我今天没有抹胭脂，而镜中的脸颊却如此红润，双唇也微闪着晶莹的光，看上去非常可爱。我摘下眼镜，试着笑了一笑，眼睛也很漂亮，蓝蓝的，清清澈澈。大概是对着黄昏时分美丽的天空凝望了许久，所以眼睛也变美丽了。太好了！

我喜不自禁地来到厨房，淘米的时候却又猝然感到一阵悲伤。之前小金井的家真令人怀恋啊，那强烈的怀恋仿佛心中马上要烧起来一样。在那个幸福的家里，有父亲，有姐姐，那时候的母亲也还很年轻。我从学校放学一回家，便会和母亲、姐姐在厨房或起居室高高兴兴地说会儿话，有时母亲、姐姐给我吃点心，我则向两人撒一阵子娇，有时我也会同姐姐拌嘴，但结局总是被母亲责怪，于是我便跑出门，蹬上脚踏车去到很远的地方，直到天快黑才回来，一家人又高高兴兴地一起吃晚饭。真的很快乐。那时的我，不会神经质地自我咎责、对身体的不洁成天彷徨无措，可以尽情地任性撒娇。那时的我可以享受这一大大的特权，并且心安理得，不用担心、没有凄寂、也没有痛苦。父亲是个了不起的父亲，姐姐也很温柔，我什么事都依赖姐姐。但随着慢慢长大，我开始变得令人讨厌，特权也不知从什么时候起消失，赤条条的没有了任何遮掩，丑态毕现，我再也无法任性撒娇，成天陷入胡思乱想，令人不愉快的事情越来越多。后来姐姐嫁了人，父亲也离开人世，只剩我和母亲两个人。想必母亲也很孤寂，前一阵子母亲曾对我说："我以后的人生再也没有快乐了。看到你，我真的实在是感觉不到快乐，原谅我吧。反正你父亲不在，幸福来不来也无所谓了。"母亲说她看到蚊子应时登场就会不经意地想起父亲，拆洗和服时想起父亲，修剪指甲时想起父亲，品茗喝茶的时候也一定会想起父亲，无论我怎么体恤母亲的心情、经常陪母亲说说话，但毕竟和父亲给予母亲的感受是不一样的。夫妇之爱是世上最牢固的情感，比亲人之间的爱还要珍贵。

我独自胡思乱想着超出我年龄的事情，幕地感到两颊发烫。我用湿漉漉的手拢了拢头发。我一面"哗啦哗啦"淘着米，一面觉得母亲实在可爱，不由得心生怜悯，于是真心实意想好好照顾她。我恨不得将烫了波浪的头发拉拉直，让头发快快长长，母亲向来很讨厌我留短发，让母亲看到我头发留长、束起来的样子，她一定会感到高兴。可是，我不喜欢用这样的举动来讨母亲开心，我讨厌这样。

细细想来，这阵子我之所以焦虑不安跟母亲有很大的关系。我很想做个让母亲合心合意的好女儿，但是又不想曲意逢迎来让她高兴，假如不用我自己说什么，母亲便能明白无误地知道我的想法，并且不再为我担心，那是最理想的了。不管我多么任性，也绝不会做出令世人耻笑的事情，不管多痛苦、多孤寂，但至关重要的事情我会坚决固守，我会好好爱母亲、爱这个家的，倘若母亲对我也绝对信任，放下心思、无忧无虑地过她的日子，那样不是很好嘛，我一定会好好做，竭尽全力去做好，这是我现在最大的乐趣，也是我今后的人生道路。然而，母亲却对我彻底缺乏信任，还一直将我视同小孩子，有时我说些孩子气的话，母亲就会很高兴。前些日子，我无聊地拿出夏威夷吉他，"叮叮咚咚"存心胡弹一气，母亲听了似乎从心底感到开心，她故作糊涂地取笑我道："咦，是下雨吗？我好像听到雨滴声呢。"大概以为我是真心练习弹奏夏威夷吉他吧。我感觉很伤心，真想哭。母亲，我已经不是孩子了，人间事理我怎么会不知道，有什么事都可以和我敞开了说呀，家里的经济状况也可以向我明说，假如你说我们目前的经济状况如此，你也应该为我分点忧的话，我绝不会跟你磨着买鞋子，我会做个懂事、俭朴的女儿，真的，我会这样做的，可偏偏——忽然想起有首歌里面就有"可偏偏"，不由得独自"咯咯"笑了起来。回过神，发现自己两手插在锅里，像个呆子似的，正在胡思乱想。

不好不好，得赶快为客人准备晚餐了。刚才送来的那条大鱼怎么烧？总之，先剁去鱼头、将鱼身一剖为二，抹上味噌酱渍着，这样烧出来一定很鲜美。做菜全得凭感觉。家里还有些黄瓜，可以弄个调和醋拌黄瓜。再就是我拿手的煎蛋。嗯，还得再凑一道菜。对了！就做"洛可可"吧。这是我自创的一道菜式。将火腿、鸡蛋、荷兰芹、卷心菜、菠菜这些厨房剩余的菜统统用起来，五花八门的颜色搭配在一起，巧妙组合，然后分别装盘。这道菜做起来一点也不麻烦，又很经济，虽说吃在嘴里并不可口，但看上去有一种很丰富、很豪华的宴客腔调。衬饰在煮蛋后面的翠绿的荷兰芹便是青青草原，旁边的火腿仿佛红色珊瑚礁，微露嶙峋，乳色的卷心菜叶打底铺在盘子里，既像牡丹花瓣，又像鹅毛扇子，绿色的菠菜姑且当是牧场或湖水吧。这样的两三个餐盘往餐桌上一端，一定大大出乎客人的意料，会令他们想起路易王朝吧。虽然实际上没那么好，但既然我做不出美味的佳肴来，至少要把场面弄得漂亮，让客人眼花缭乱，好蒙混过关。料理，视觉感受最重要。这样，我想基本上应该过得去了。不过做这道"洛可可"，还需要一定的绘画感觉，对于色彩配搭，假如没有超人的敏感性肯定会失败，至少必须像我这样细腻，否则是不行的。前阵子翻词典查了下"洛可可"这个词，它的含义是一种装饰风格，徒有华丽的外观，内容却空洞贫乏。我不禁发笑，这是个绝妙的解释，美难道还需要什么内容吗？纯粹的美丽，都是无意义、无道德的。这一点是毋庸置疑的。所以，我才喜欢"洛可可"。

每次总是这样，当我做菜尝口味的时候，渐渐就会有种虚无感向我袭来，令我疲惫不堪，心情变阴郁。所有努力都已臻极限，不管怎样，相信一切都会好起来的吧。可转瞬间，"啊啊！"猛地又变得破罐子破摔起来，再也无心精进讲究，最终味道、外观全都顾不上了，胡乱弄一通，带着一脸的不高兴端给客人了事。

今天的客人尤其令我心情不佳，是住在大森的今井田夫妇和他们七岁的儿子良夫。今井田先生已年近四十，却仍像个奶油小生似的皮肤白嫩，有点令人恶心。他为什么抽"敷岛"[8]这种烟呢？带过滤嘴的香烟，不知什么缘由，总给人不干不净的感觉。香烟，就不能带滤嘴，抽"敷岛"一类的烟，甚至会让人对其人格产生怀疑。今井田先生朝天花板吐着一个又一个烟圈，嘴里咕哝道："啊、啊、是这样啊。"此刻的他仿佛一个夜校老师。他太太身材瘦小，一副局促不安的样子，举止显得很俗鄙，完全值不得大惊小怪的一点点小事，她也会笑得弯了腰，脸孔几乎要贴到榻榻米上。有什么好笑的？她大概将这样夸张地俯身大笑当作是种娴雅之举了。这年头，应该就是这一阶层的人最差劲、最肮脏了，该称之为小布尔乔亚？或者小市民？连他们的孩子也是老气横秋，完全没有一点天真活泼样儿。但想归这样想，我还是克制住所有的情绪，又是躬身哈腰，又是堆笑说话，还抚摸着良夫的头一叠连声地说："真可爱，真可爱！"完全是一派骗人的谎话，从这一点上说，今井田夫妇或许要比我来得纯洁吧。大家吃着我做的"洛可可"，齐

8　"敷岛"牌香烟是当时一种极为普及的香烟，一盒二十支装定价十八分，川端康成《伊豆的舞女》中也有写到。"敷岛"一词在日本古语中还是大和国的别称。

声夸赞我的手艺，我心里觉得凄怨、生气、委屈得想哭，但还是努力装出一副高兴的神情来。终于我也可以坐下和大家一起吃饭了，但今井田太太喋喋不休、笨嘴笨舌的夸赞却让我觉得恶心，算了，我也用不着欺瞒你们了，于是我态度生硬地说道："这菜一点都不好吃！因为家里没菜了，我迫不得已才想出来的这一招。"我说的是事实，可是今井田夫妇却拍着手大笑道："迫不得已想出来的招，真会说话呀！"我的话没有收到预期效果，有点不甘，恨不得摔掉手里的碗筷，大声痛哭，但我还是强忍着，勉强挤出一丝笑容。不承想母亲说了句："这孩子越来越派得上用处了呢。"母亲啊，你明明知道我心情难过，为了迎合今井田先生竟然笑呵呵地说出这样的话，母亲，你这样做就为了讨好今井田那样的人，实在犯不着呀。在客人面前的时候，母亲变得完全不像个母亲，仅仅是个弱女子。虽然父亲不在了，但我们用得着对别人如此卑恭吗？太可悲了！我一时什么话也说不出来。走吧！走吧！我父亲是个了不起的人，待人友善，人格高尚，倘若因为我父亲不在了，就这样侮慢我们的话，请你们现在就回吧！我真想这样告诉今井田，但我还是低三下四地又是帮良夫切火腿，又是为今井田太太搋黄瓜。

吃过晚餐，我急忙躲进厨房，开始收拾整理，因为我想赶快独自待一会儿。不是我高傲自大，但我真觉得今后没必要去迎合那样的人，和他们在一起聊天说笑，对那种人绝对不需要以礼相待，不，绝对不需要低三下四地逢迎。我讨厌这样! 再也不想这样了! 我只做我应该做的事情。今天我强忍住不耐烦、和蔼可亲地招待客人的表现，母亲看了似乎很高兴，但我那样做真的好吗? 究竟是彻底区分与人交往是与人交往、自己做人是自己做人，敞开胸襟大大方方地待人接物、行事处世好，还是即便被人恶语攻击也不愿丧失自我、坚持不掩藏自己的真心好呢? 孰好孰坏，我难以判别。我真羡慕有的人可以始终生活在与自己一样脆弱、然而友善的人群中，不必遭受任何痛苦，轻松平淡地终其一生，也从不刻意去追求任何东西而使得自己痛苦。那样的人生真好。

毫无疑问，克制自己的情感而去迎合别人自然是件了不起的事，但倘若今后每一天都要强己所难地向今井田那类的人堆着笑脸、随声附和，我可能会疯掉。我忽然想到件可笑的事，我此生绝对不能进监狱，不要说进监狱，就是给别人当女佣也不行，当别人的太太也不行——哦不，当太太可不一样，假如我已经拿定主意、做好了充分的心里准备，要将这一生交给此人的话，无论多么辛苦我都会努力，哪怕从早干到黑，只要能从中感受到生存的价值、感受到人生的希望，我一定会那样做。这是毋庸置疑的。我会从早到晚像只小老鼠一样不停地为他劳作，不停地浣洗衣物，就算积攒了一大堆脏衣服要洗，我也不会感觉丝毫的不愉快，相反我会急于事功、歇斯底里般静不下心来，感觉做不完的话我死也不会瞑目，只有将所有脏衣服一件不剩地洗净、晾好，我才会死而无憾。

今井田先生要回去了。好像要办什么事，他告央母亲一起出门，母亲竟然痛快地应承了，真是的。虽然今井田利用母亲也不止这一次了，但他们夫妇的厚颜无耻劲还是令我厌恶，真想使劲揍他一顿。将客人送至门口，我独自呆呆地望着屋外昏暗的街道，忽然想哭一通。

信箱中塞着晚报和两封信，一封信是寄给母亲的，是松阪屋的夏季大甩卖宣传单，另一封信是顺二表哥寄给我的。顺二的信上只是简单地告知说，他刚刚被调入前桥的联队，并请我代向母亲问好。即便是军队的士官，也无法指望生活有多么精彩，但我还是很羡慕那种每天严格、紧凑的有规律的生活，我想，身体始终保持着一种有规律的状态，心情应该会变得轻松些吧。像我这样，任何事情都是想做就做不想做就什么都不做，处在这种状况下任何糟糕的情况都有可能发生，而想要读书的话可以说有的是时间可以读书，说到愿望，似乎又有很多愿望想要去实现。假如能赐予我一方努力的天地，我会多么高兴啊。对我严厉约束，我反而心存感激。有本书上写道，在战场上效命的军人，他们的愿望只有一个，就是美美地睡上一觉。不过，我一方面虽对士兵们遭受的艰辛感到同情，另一方面又非常羡慕他们。从讨厌的、杂乱无绪、毫无道理、无休无止的思念洪水中彻底解脱出来，只求入睡只求熟睡的这种愿望，实际上是相当单纯、相当正当的愿望，单是想象一下，就有一种令人爽然的快感。像我这种人，假如能过上一阵军队生活，狠狠地锻炼一番，或许我也会获得少许改变，成为一个清新开朗的好女孩吧。可即使没有军队生活的体验，世上照样有小新这样率真的人，而我却做不到，真是个差劲的女孩。小新是顺二表哥的弟弟，和我一样的年纪，却那样懂事、乖巧，在所有亲戚中，不，是在全世界中，我最喜欢小新。小新的眼睛失明了。年纪轻轻却什么也看不见,这是怎么回事?!在这样寂静的夜晚,他独自一人待在房间里,会是一种什么样的感受啊?换作我们,孤寂的时候可以读读书、眺望一下屋外的景色,多少可以排遣一下,但小新却做不到,他只能静默。他以前比别人加倍努力地读书,并且网球、游泳也非常出色,而现在的这种孤寂和痛苦,让他如何才能接受呢?

我昨晚又想到了小新,上床后我便试着闭上眼睛,闭了五分钟,即使是躺在床上闭着眼睛,也觉得五分钟很长,让我感到胸口难受得不行,而小新则是早上、白天、晚上、几天、几个月,什么也看不见啊。倘使他能发发牢骚、耍耍脾气、使使性子的话,我倒替他感觉好受一些,可是小新一句怨言也没有,我从没听过小新发牢骚或对别人恶言恶语,非但如此,他永远是一副天真无邪的神情,和人交谈时话里总透着开朗。

我一面打扫客厅一面胡思乱想,然后烧洗澡水。一边烧着洗澡水,我坐在柑橘箱上,一边就着微弱的煤油灯,把学校的回家作业全都做完了。洗澡水还没烧热,于是我便将《濹东绮谭》⁹重新读了一遍。书中描写的情

---

9 濹东绮谭:日本唯美派代表作家永井荷风的小说,濹东指东京隅田川以东的墨田、江东一带。

节并不肮脏、恶心，然而随处可见作者的装腔作势，让人不由得有种搞什么呀，老套，缺乏可信的感觉，大概是作者上了年纪的关系吧。可是，外国作家哪怕年岁大了，表现却依旧大胆、情浓意蜜、对笔下的人物充满热恋之情，反倒没有让人厌嫌的感觉。不过，这部作品在日本应该算是优秀作品了，透过作品，能够让人从其深处感受到一种平淡、清新的晓悟，没有任何的不妥，称得上是这位作家所有作品中最为成熟的一部作品了，我很喜欢。我感觉这位作者具有很强的责任感。日本有许多文学作品，似乎因为太过执着地拘泥于道德，笔墨浓重地生硬地强调道德，反而产生了反作用，这是感情过分饱满的人经常容易犯的伪恶毛病，刻意戴上一副重彩的恶鬼面具，结果却是使作品变得苍白无力。但在《濹东绮谭》中，却有着一种淡寂、然而无法否定的张力。我喜欢。

洗澡水烧开了。点亮浴室的灯，脱去衣服，将窗户敞开到最大，然后让自己静静地浸泡在浴盆里。透过窗户我窥望着珊瑚树的翠叶，一片片的树叶在电灯的照射下，闪动着强烈的碎光。天空星星闪熠。我盯着星星看了又看，始终熠熠生光。我仰起头出神地望着星空，尽管故意不去注意，但是自己微白的胴体仍然悄悄暂入视野的一隅，隐隐约约能感觉到。我没有理会，但随即猛地意识到，它与小时候的白皙不一样了，心里登时再也无法平静。身体与内心的情感全然不同步，自顾自一个劲地成长，真叫人犯难、困惑。看着明显已成长为大人的自己，我竟无能为力，不知如何是好，实在是可悲。难道只能听其自然，一动不动地眼看着自己变成大人，除此以外就别无他法了吗？我真希望自己的身体永远都像个人偶那样。我试着像个孩子般划弄着洗澡水，发出"哗啦哗啦"的声响，可心情沉重依旧，感觉今后似乎没有活下去的理由了，不觉悲从中来。庭院对面的空地上传来附近人家的小孩哭喊声："姐姐！"我心口仿佛被刺了一下。我知道不是在唤我，但我却很羡慕那个被小孩一面哭泣一面还恋慕的"姐姐"。假如我也有一个跟我亲近、会缠着我撒娇的弟弟，我就不至于像这样成天过着彷徨犹疑、丢人的日子，我会劲头十足地活下去，甚至尽我全力一生爱弟弟、为他奉献都可以，不管多么艰辛，我都能忍受。独自憋着劲东想西想的，竟痛切地觉得自己很可怜。

　　洗完澡，不知为什么，今晚特别想看星星，于是来到庭院里。星星很低，仿佛要掉下来似的。唔，夏天快到了。到处是青蛙的鸣叫声，麦子也"沙沙"作响，我几次抬头仰望天空，看到有许多星星熠熠闪光。去年——哦，不，不是去年，已经是前年了——有一次我吵着说要散步，父亲明明生着病，仍陪我一起去散步。父亲永远是那样朝气蓬勃。他一路上教我唱德语小调（歌词大意是"你活一百岁，我活九十九"），和我聊星星，还即兴作了首诗，拄着手杖，嘴角淌着口水，不停地眨巴眼睛，和我一同散步。真是个好父亲。我默默仰望着星星，便清晰地回忆起父亲来。但是自那以后，过了一年、两年，我渐渐变成了一个很差劲的女孩，心里藏了许多只属于自己的秘密。

回到房间，我坐在书桌前，托着腮看着桌上的百合花。好香。闻着百合花的香气，就算一个人再无聊，也不会产生消极情绪。这枝百合花是昨天傍晚散步到车站，回家的路上在花店买的。之后，我的房间就像换了个房间似的清新了许多，拉开纸门一下子就闻到百合的香味，简直太棒了。我就这样凝神望着它，觉得自己比所罗门王还要奢侈，这是种实实在在的感受，是种生理感受。忽然，我想起了去年夏天去山形的事。爬山的时候，我看到山崖的半山腰处有一大片百合花怒放着，心里一阵惊喜，便不顾一切要去采撷，可是山崖陡峭，根本无法攀爬上去，看来就算我再喜欢，也只能眼睁睁看它们几眼而已了。其时，附近一位素不相识的矿工，一声没吭，"蹬蹬蹬"地爬上山崖，眨眼之间折下一大把百合花，两手都几乎捧不过来，然后，面无表情地将那些百合花统统塞到我手里。那么多花！满把满怀啊！再豪华的舞台抑或结婚仪式上，恐怕也没有人得到过这么多的赠花吧。有道是接过花的一瞬间感动得头晕目眩，那个时候我才真真切切地体会到。我张开双手，总算捧住了那些又白又大的花，以至眼前什么都看不到了。那位亲切、让我感佩不已的年轻矿工，如今不知道怎么样了？虽然仅仅只有这一面之缘，但每当我看到百合花时，必定会想起那位不顾危险爬上高高的山崖为我折花的矿工。

拉开桌子抽屉，在里面一划拉，摸到一把去年夏天买的扇子。白纸上是一位元禄时代的女人，歪歪斜斜、姿势难看地坐着，在她旁边，还画着两株翠绿的酸浆果。看到这把扇子，去年夏天的情景就像岚烟一样幽缓地蒸腾而起，宿泊山形的场景、乘坐火车时的场景、浴衣、西瓜、小溪、知了、风铃……霎时间，我好想带着这把扇子再搭火车出行。我打开扇子，感觉这扇子还不错，"啪啦啪啦"，扇骨顺滑地散开，捏在手上的感觉瞬刻变得非常轻盈。就在我拿着扇子把玩时，母亲回来了。她似乎心情不错。

"啊呦！累死了！累死了！"母亲嘴上这样说，但脸上并没有丝毫的不高兴。她就是喜欢帮忙替人张罗事情，真是拿她没办法。

"真是说来话长啊。"她说着换上家居服，然后进去洗澡。

母亲洗完澡后，和我坐下来一块儿喝茶，其间不停地嘻嘻发笑。我正猜想母亲会和我说什么话，没承想她忽然开口道：

"你前些日子不是说想看《赤脚少女》吗？既然想看，就去看吧！不过，今晚你得帮妈妈按摩一下肩膀。帮妈妈做点事再去看，会更好看吧？"

我高兴得不得了。我一直都很想去看《赤脚少女》这部电影，但因为这阵子我都一直在玩，心中有所顾忌。母亲察觉到我的心思，便故意吩咐我干点活儿，好让我理直气壮地去看电影。我真的非常高兴，并且打心里喜欢母亲，于是我情不自禁笑了。

很久没像今晚这样和母亲两人在一起了，因为母亲实在应酬太多了。母亲想必是不想被人瞧不起，所以才一直这么努力的吧。给母亲按摩着，我感觉自己十分能体会她的疲惫，她的疲惫好像传到了我身上一样。我一定要好好爱护母亲！可是先前今井田一家来做客时，我竟还对母亲暗怀不满，真难为情啊！我赶忙咕咕哝哝地小声说了声："对不起！"我总是只想到自己、只考虑自己的事，对母亲一直抱着任性、不讲理的态度，每次都害得母亲内心不知道有多痛苦，而我对此却根本不闻不顾。自父亲去世以后，母亲变得脆弱了许多。我自己感觉"太难受了！受不了了！"的时候，总有母亲可以仗恃，而母亲只要想从我这里稍稍得到一点支撑，我就会觉得厌嫌，好像看到什么恶心、龌龊的东西一样。我真是太任性了。母亲也好，我也好，我们同样都是脆弱的女子，以后我必须对这样只有母亲和我两个人的生活感到满足，时时刻刻站在母亲的角度考虑问题，多和她聊聊以前的事、聊聊父亲的事，哪怕一天也好，让母亲成为我们二人生活的中心，感受到生活的美好意义。说到母亲的事，我总是心里想着要爱护她、想当个好女儿，但表现在行动上和言语上，我却始终是个任性的女孩。不仅如此，这阵子的我简直像个坏孩子，一点可爱之处都说不上来，尽是令人恶心的、丢人的事，什么痛苦啦，什么烦恼啦，什么孤寂啦，什么悲伤啦，究竟是什么感受？要明明白白说出来，几乎就是要我的命，我虽然清楚地知道这种感受，但要用一句话来说的话，我竟然找不到一个比较接近的名词或者形容词来概括，于是只能张皇失措，最终忍不住无名火起，变成一个不知什么样的怪物。从前的女子，即使被骂作是奴隶、丧失自我的蝼蚁之辈、人偶，但和现在的我相比，身上的女人天性仍然要多得多，并且富有胸襟，拥有足够的才慧机智地应对逆来顺受的艰辛，她们也知道崇高的自我牺牲之美，能够体会不计回报、全心奉献的快乐。

"啊，好棒的按摩师！真是天才啊！"母亲又像往常一样开始打趣起我来。

"舒服吧？这是因为我会心凝神帮你在按摩呀！不过，我的可取之处不光是全身上下按摩哦，要那样的话就太遗憾了，我身上还有很多优点呢！"

我试着率直地想到什么就说什么，这些话清脆地在我耳畔回响着。这两三年来，我都没有像这样真诚、爽快地说话了，我高兴地想着，也许只有清醒地认识到自己的本分之后，才可能诞生出一个全新的、理性的自我吧。

今晚，因为各种各样的事情要向母亲表示歉意，所以按摩完之后，我又为她念了几段《爱的教育》[10]。母亲得知我在读这样的书，脸上露出了放心的表情。前几天在我读凯塞尔[11]的《白日美人》时，她轻轻从我手上将书拿过去，看了一眼封面，随即脸色变得凝重起来，什么也没说，默默地将书还给我。我当时很不高兴，没有了继续读下去的心情。母亲应该没看过《白日美人》这本书，只是凭直觉仿佛知道书的内容似的。夜深人静，只有我一个人在大声朗读着《爱的教育》，声音听上去走音走得非常厉害，越听越难听，我觉得很对不起母亲。四周非常宁静，因此我难听的诵读就特别明显。《爱的教育》这本书，我不管何时读，依然深受感动，和小时候读它时受到的感动并无二致，读着它我感觉自己的心

---

10 《爱的教育》（原题名为 Cuore）：意大利儿童文学作家爱德蒙多·德·亚米契斯创作的日记体小说，以一个小学生的视角审视身边的美与丑、善与恶，用爱去感受生活中的点点滴滴。

11 约瑟夫·凯塞尔（Joseph Kessel, 1898—1979）：出生于阿根廷的犹太裔法国记者和小说家。

灵也变得真诚、纯洁起来，真好啊。发出声音诵读和用眼睛看的感觉完全不一样，不一样到令人诧异，令人瞠目。不过，母亲在听到安利柯和卡隆那个片断时，还是感动得俯下脸哭了出来。我母亲和安利柯的母亲一样，也是个了不起的优秀的母亲。

母亲先我而睡了。因为一大早出门的缘故，我想她一定非常累了。我替她掖好被褥，并且在被褥角上"啪啪"轻拍了几下。母亲总是一上床就闭眼睡着了。

之后我来到浴室开始洗衣服。最近我有个怪癖，喜欢在近十二点时才洗衣服。我觉得白天"哗哗"的洗衣服浪费掉大把时间，很可惜。不过，说不定正好是相反。透过窗户，我看到月亮高挂在天空。我蹲着身子，一面"哗哗"地洗衣物，一面微笑着望着月亮，月亮则装作不知不觉。我忽然间想到，在这同一时刻，也许在某个地方，也有一个可怜、寂寞的女孩，也像我一样一面洗衣服一面在微笑着眺望月亮呢，的确在笑着，我相信。她住在遥远山村的山顶上一座孤零零的房子里，夜深人静了，她悄悄来到屋后开始洗衣服，她也是个内心满怀苦恼的小女孩。接着，在巴黎一条陋巷的某座破旧公寓的门前，也有一个和我同样年龄的女孩，正一个人悄悄地洗着衣服，同时微笑着仰望月亮。我毫不怀疑，就像从望远镜里真切地看到一样，她们都清晰地、栩栩如生地浮现在我眼前。真的，没有人知道我们的苦恼，很快，我们就将成长为大人，那样我们今天的苦恼、孤寂就会变得毫无价值，变成笑料，或许可以成为追忆，但在彻底成长为大人之前，这段漫长而讨厌的时期如何挨过去呢？没有人告诉我们该怎么办，就像出麻疹一样，除了置之不顾，人们对我们束手无策。但是，有人会因为麻疹而死，也有人会因为麻疹而失明，不能置之不顾啊，有人就是像我们这样每天或闷闷不乐，或大冒无名火，期间稍一不慎，彻底堕落，成为无可救药之身，人生就此一塌糊涂，还有人一念之差自杀了结自我的。等到事情这样之后，世人才知道惋惜：唉！再长大一点就知道了。再成熟一点，自然而然就会懂了呀。然而从当事人的立场来看，我们已经苦恼到极点，好不容易才熬到现在，我们拼命地努力侧耳倾听，试图从这世上获得某些人生教训，但得到的翻来覆去无非都是些不痛不痒的经验，安慰我们说：啊，啊，这个嘛……我们听到的总是这样不担责任的说辞。我们绝不是及时行乐主义者，倘若有人指着远处的山峰告诉我们说，只要攀上山峰，上面风景绝佳，我们相信事实一定是那样，绝不会有半点虚夸，然而此刻我们正闹着剧烈的腹痛，你对于腹痛视而不见，却一个劲地告诉我们：喂，再坚持一下，只要爬上山顶就好了！你只会说这样的话。想必是有人搞错了吧。错的人是你呀。

洗完衣服，又将浴室打扫了一下，然后我悄悄拉开房间的纸门，一下子就闻到了百合花的香味，顿时心情舒畅，感觉自己的内心深处都变得清澈透明，甚至称得上有一种崇高的虚无感。当我蹑手蹑脚换上睡衣时，本以为早已熟睡的母亲竟开口说话了，她闭着眼睛，吓了我一跳。母亲经常会做出这样的事，让人害怕。

"你说想要双夏天的鞋子，我今天到涩谷时就顺便看了一下，好贵啊！"

"没关系啦！我其实不那么想要的。"

"可是，不买的话，你会很闹心吧？"

"嗯。"

明天，仍将是同样的一天。幸福，这一生都不会来造访的。我知道。不过，我还是愿意相信它一定会来，明天就会来，这样我才能睡个好觉。"扑通！"我故意重重地倒在被褥上。啊，真舒服。被褥里面有点凉，我后背微微感到一丝寒意，之后渐渐陷入迷糊。"幸福迟了一夜才来"，恍惚间我迷迷糊糊想起了这句话。等啊等啊，一心期待着幸福，最终还是失望至极离家出走了，第二天，令人兴奋的福音终于造访这个被舍弃的家，可是已经太迟了！幸福迟了一夜才来。幸福……

院里传来可儿的脚步声，"啪哒啪哒啪哒啪哒……"可儿的脚步声很有特征，它的右前腿稍短一截，加之两条前腿呈 O 型，也就是罗圈腿，所以它走路的声音也有着特殊癖习。深更半夜了，它竟然还在庭院里徘徊，它在干什么呢？可儿真可怜。今天早上我还故意冷落了它，明天，一定要好好宠宠它。

我有个令人恼火的毛病，假如不用双手紧紧遮住脸孔，我就睡不着。此刻，我遮着脸，一动也不动。

滑入睡乡时的感觉非常的奇怪，就像钓钩另一头的鲫鱼、鳗鱼一点一点在拉扯着钓丝一般，我感觉有一股铅似的力量，顺着钓丝在使劲拽我的头，我迷迷糊糊刚要沉沉地睡去，那股力量又松了松钓丝，于是我一个激灵清醒了一下；接着又使劲拽拉，我又开始迷糊，随后再松一松，如此重复三四次之后，方才猛地使劲一拉扯，我便一觉睡到大天亮。

晚安！我是个不会被王子注意到的灰姑娘。王子啊，您知道我在东京的哪个角落吗？灰姑娘不会再见到王子了。

等待

  每天，我都会来到省线 [12] 的这个小车站等人。等我并不认识的人。

  从市场买完东西，回家的途中，我必定要绕至车站，坐在站前冰凉的长椅上，将购物篮搁在膝上，茫然地望着车站检票口。每当往来的电车驶抵站台，就会有许多乘客挤下车门，蜂拥着朝检票口涌来，个个一脸怒气似的出示证件或递上车票，然后目不斜视地迈着匆匆的步子，从我坐着的长椅前经过，离开站前广场，向各自方向散去。

12　省线：日本旧时铁道省、运输省管理的国营铁道线的通称，后经分割并民营化，成为今天的 JR 线。此外，运行于省线铁道线上的电车一般也简称为"省线"。

我呆呆地坐着。有个人微笑着向我打招呼。噢，太可怕了！怎么办？我胸口"扑通扑通"跳个不停——仅仅如此假想一下，就会令我仿佛挨了一桶冷水直淋下来一样，浑身哆嗦，呼吸急促。可是，我毕竟是在等着谁。每天坐在这里，我究竟在等谁呢？等什么样的人呢？哦不，也许我在等的并不是一个人。我讨厌别人。不对，是害怕。只要一和人面对面，不痛不痒地说些诸如"您一向可好？""天气变冷了呢"之类有口无心的寒暄话，我就感觉自己似乎是世间最无耻的说谎精，登时会气急败坏，难受到想死。而对方也对我百般警戒，来两句模棱两可的寒暄话，或浮滑矫作地发几句感慨，我听了，不禁为对方如此小人之心、卑琐之心感到悲哀，并且越发对这世道感到憎恶。难道世上之人，就应该相互拘板地交往，相互戒惧，让彼此都疲惫不堪，就这样挨过一生吗？我讨厌和人打交道，所以，除非有不得已之需，我决不会主动上亲友家串门，待在家里，一语不发地和母亲二人缝制衣物，我感觉最轻松自在了。可是，眼看一场空前的大战已经爆发，周围人都紧张得不得了，唯独我家每天过着优哉游哉的平静生活，感觉似乎非常的不合时宜，为此我有一种无法形容的不安，总是难以静下心来。我很想努力工作，不辞辛苦，为国家直接做一点贡献。我对自己以前的生活再也没有信心了。

　　一语不发地待在家里觉得坐立不安，可是出了门却发现，我没有任何地方可去，于是，买完东西回家前，便来到车站，坐在冰凉的长椅上呆呆地望着出站的人流。期待——不知有谁猛然出现在我面前！恐惧——倘若真的出现了我怎么办？几近绝望的决心——假如出现了则别无他方，我只有将性命拱手交付与他，自己的命运就此休矣，以及形形色色荒唐无稽的妄想，奇怪地混缠淆杂在一起，百感交集，令我痛苦万分，几乎窒息。我是活着？还是死了？我变得分辨不清，犹如做了个白日梦似的精神恍惚，车站前往来的人影也变小、变远了，好像从望远镜中看出去一样，整个世界寂然无声。唉，我究竟在等什么？也许，我是个极不检点的女人？一场空前的战争愈演愈烈，我感到十分不安，为此我要不辞辛苦，努力工作，好为这个国家做些贡献——那是骗人的，就是找个听上去冠冕堂皇的借口，其实还不是想着窥伺良机，巴望着自己那不可告人的轻佻妄念能够达成，别看我此刻呆呆地坐在这儿，一副神情茫然的样子，内心则正在翻滚着一个丑恶的计图。

究竟，我在等谁呢？我并没有清晰可辨的具体形象，只有一个含混不清的拟象，但是我仍在等待。自这场战争爆发以来，我每天买完东西回家的途中，必定到车站弯上一弯，坐在站前这冰凉的长椅上，就这么等着。有个人，微笑着向我打招呼。唔，太可怕了。啊，怎么办？我等的不是你！那我究竟是在等谁呢？丈夫？不是。情人？也不是。朋友？才不呢。金钱？怎么可能？是亡灵吗？噢，我讨厌亡灵！

　　我等待的是比这一切都来得更加温实、明煦，更加美丽的东西。是什么，我不知道。或许，是像春天一样的东西？哦不，不对。是翠叶？是五月？是淌过麦田的清水？——还是不对。哦，尽管这样，我仍在等待，满心欢喜地等待着。人流络绎不绝地从我眼前经过，但既不是这个，也不是那个。我挽着购物篮子，身体微微颤抖着、一心一意地等待着。请不要将我忘记啊。请不要嘲笑每天去车站等人、然后一场空地失意而归的二十岁姑娘，无论如何要记得我呀。这个小小的车站，我有意不说出它的站名，但即使不说，你总有一天也会发现我的。

千代女

　　女孩终究就是差劲。女孩之中，我这样的女孩或许算是差劲的，不过我一直痛切地感到自己真的很差劲。话虽如此，但内心一隅总还是执拗地觉得，自己总有那么一点点优点吧，我甚至能感觉到这份我赖以信恃的顽固，就像一团黑乎乎的东西，根深蒂固地盘踞在我体内，这样一来，我便越发看不懂自己了。我现在，就好像顶着一口锈蚀的大锅一样，只觉得脑袋沉重，快要受不了了。我一定很傻。真的，我是很傻。明年我就十九了，已经不再是小孩子了。

　　十二岁时，柏木舅舅将我写的作文投稿给《青鸟》杂志，被评为一等，那些很厉害的评选老师还狠狠地夸赞了它一番。从那以后，我就越来越差劲了。那篇作文，想想都让我难为情，那样的东西真的好吗？究竟好在哪里呢？那篇作文题为《小差女》，写我受父亲差遣去替他买盒烟时发生的一件小事情。烟纸店的婆婆拿了五盒烟递给我，全是绿色的，感觉有点单调，于是我退还一盒给婆婆，请她换了一盒红色的，但是钱不够了，我正发愁，婆婆笑着说道，下次再给吧，令我心里暖暖的。四盒绿色盒烟上放着一盒红色的，摊在掌心上，就像樱草[13]一样漂亮，我心花怒放，"扑通扑通"跳个不停，路都没法好好走了。——作文中就写了这样一件琐事，总感觉自己太过孩子气，有点死皮赖脸的味道，以至我现在想起来仍是坐立不安。紧接着一期，也是在柏木舅舅的怂恿下，我将一篇题为《春日町》的作文向杂志投稿，这次不是刊登在投稿栏内，而是杂志的第一页，用大大的铅字刊登了出来。这篇《春日町》写的是，住在池袋的婶婶告诉我说，她家最近搬到了练马区的春日町，有个很大的院子，让我下次务必去她的新家玩。于是六月的第一个星期日，我从驹迁站乘坐省线，在池袋车站换乘东上线坐到练马，下了车眼前一望无际尽是

13　樱草：报春花科的多年生草本植物，品种繁多，花色丰富而美丽。

田野，春日町在哪里呢？我没了方向，只得向田间的人打听，但都回答说不知道这个地方，我急得差点哭出来。那天天很热。最后，遇见一个四十来岁的男人，他拽着两轮拖车、车斗装满空瓶正吃力地朝前走，便向他打听，对方停下来，带着点惋惜笑了笑，用脏成了灰色的毛巾擦拭着脸上流淌不止的汗水，口中"春日町、春日町……"念念有词地想了一会儿，随后告诉我：春日町离这儿远着哪！你从前面的练马站乘坐东上线往池袋，在那里换乘省线电车到新宿站，再换乘开往东京站方向的省线到一个叫水道桥的车站下来……他用不太流利的日语努力详细地告知我这段遥远的路程怎么走，但我听下来，这似乎是去往本乡的那个春日町的走法。听他说话，我登时就明白了他是个朝鲜人，正因如此，我尤其受感动，对他也充满了感激之情。日本人即使知道，但是嫌麻烦，也推说自己不知道，但眼前这个汗流浃背的朝鲜人虽然并不清楚，却努力在将他认为知道的告诉我。我谢过了这位大叔，随后按照他所说的，返回练马站，重新乘上东上线，不过却回了家。我当时真的很想干脆乘到本乡的春日町去转一转来着。回到家后，我心情复杂，很有些伤感。我将这件事情如实地写出来，被杂志用大大的活字刊登在了第一页上，一下子成了一大事件。我家在泷野川中里町，父亲是东京人，母亲则出生于伊势，父亲在一所私立大学当英文老师，我上面没有哥哥姐姐，只有一个体质瘦弱的弟弟，弟弟今年刚升入市立中学。我绝对不是厌嫌自己的家庭，却总感觉落寞怅惘，让我受不了。以前真好。真的，那时候真好。在父母面前我可以尽情撒娇，言高语低的无所顾忌，家里始终充满了欢笑声。我对弟弟也很疼爱，算得上是个好姐姐。可自从《青鸟》杂志刊登了我的作文之后，我一下子变得神经兮兮、让人讨厌了，甚至有时候还会和母亲吵嘴。《春日町》在杂志上刊出时，同一期上还刊登了评选者岩见先生写的感想文章，篇幅比我的作文还要长两三倍，我读过之后不由得心里发虚，感觉岩见先生被我骗了。岩见先生是个非常纯善之人，比我心灵美多了。在学校，我的班主任泽田老师上作文课的时候，带着杂志走进教室，将我的《春日町》全文抄写在黑板上，他显得十分兴奋，话音激越地整整夸赞了我一节课。我只觉得呼吸急促、眼前发黑，浑身僵硬仿佛变成了一块石头，惊惶不安。我知道，老师如此夸赞我，其实我根本承受不起，以后我再写作文如果写得不好，被所有人耻笑，那是多么丢人、痛苦的事啊！我非常害怕，以至感觉自己几乎像死了一样。还有，泽田老师也并非因为我的作文而感动，只是因为我的作文被印成大大的铅字刊登在了杂志上，并且受到名人岩见先生的赞赏，所以他才会那样兴奋。我虽然是个孩子，但我内心还是能够体察到这一点，而这也令我愈加落寞怅惘，实在无法接受。

我的担心后来果然全部应验成为了事实，令我难受、愧惶的事情一件又一件发生，学校同学突然间对我疏远起来，就连之前和我最要好的安藤也开始不怀好意地用讥讽的口吻，一口一个"一叶""紫式部"[14]地称呼我，最后离我而去，投向她之前极其讨厌的奈良、今井那一伙人，有时候远远乜斜着望向我这边，嘀嘀咕咕不知道在说我什么，随后"哇——！"几个人一齐哄叫起来，用这种下作的方式议论我。我想，我这辈子都不想再写什么作文了！我真不该受了柏木舅舅的怂恿，糊里糊涂地将作文拿去投稿。

14　一叶：即樋口一叶（1872—1896），原名樋口夏子，十九世纪的日本优秀女作家，代表作品有《青梅竹马》《浊流》《十三夜》等。紫式部（约973—？）：日本平安时代的女作家，她创作的《源氏物语》被认为是世界最早的长篇小说，对后世的日本文学影响巨大。

柏木舅舅是母亲的弟弟，在淀桥的区公所工作，今年三十四或三十五岁，去年夫妇俩有了孩子，可还是把自己当小青年，时常喝酒喝得昏天黑地的，听说还曾经被妻子赶出门过。他每次来我家，总会从母亲那里讨要一点零花钱才回去。母亲对我说起过，他进大学的时候原本立志当一名作家的，为此很是努力过，也深受前辈们期待，可惜交上了坏朋友，后来学习便一落千丈，大学也中途退学了。日本小说和外国小说他都读过不少。七年前硬将我写的蹩脚的作文拿去向《青鸟》杂志投稿的，便是这位舅舅，而这一年来寻找种种机会作践我的，也是这位舅舅。我讨厌小说。虽然现今自然不一样了，但当时，我写的拉拉杂杂的蹩脚作文竟然连续两期在杂志上刊出，导致好朋友对我心怀嫉妒，班主任老师对我另眼相待，弄得我感觉非常痛苦，对作文产生了厌恶，自那以后，不管柏木舅舅如何花言巧语地劝诱，我坚决不再投稿了，有时实在被纠缠烦了，我便放声大哭起来。

在学校上作文课时，我一个字也不写，只是在作文薄上画女孩的脸，有圆脸的，有三角脸的。泽田老师把我叫到教员办公室，将我训斥了一顿，说是千万不可骄傲自满，要自重，等等。我听了非常窝心。好在没过多久我小学毕业了，终于得以从那种痛苦中解脱出来。

进入御茶水女子中学后，班级里知道我的作文曾经被投稿到杂志并被评选为佳作的人一个也没有，我这才感觉轻松起来，上作文课时也能没有压力地完成作文，成绩普普通通。只是那个柏木舅舅，老是要啰里啰唆地数落我。他每次来我家，总是带三四本小说来，然后一个劲地要我读、读！可我一读之下，却发现内容对我来说太艰涩了，难解其意，所以总是假装读过了，然后还给他。在我读到女子中学三年级的时候，《青鸟》杂志的评选者岩见先生突然给我父亲写来一封长信，说觉得我颇具文学天赋——唉，真叫人难为情，我实在不好意思说出口，总之狠狠夸了我一通——假如就这样埋没掉了实在可惜，希望我继续写下去，杂志发表的事他可以帮我关照一下云云。岩见先生用令人惶恐的、非常客气的语词，一本正经地向我父亲提出这样的建议。父亲默默地将信拿给我看，什么话也没说。读完信，我发现岩见先生的确是位非常正派、非常好的人，但这背后，一定是多管闲事的柏木舅舅做了什么小动作，从信的字里行间很明显就可以猜到。舅舅准是使了点小计谋去接近岩见先生，然后央请岩见先生给我父亲写了这封信。没错，一定是这样的。"是舅舅拜托岩见先生写的，肯定是的！舅舅干吗要做这种让人讨厌的事呀！"我抬起头望着父亲，心里委屈得几乎要哭出来。父亲似乎也看穿了整件事情的来龙去脉，轻轻点了点头，不太高兴地说道："你柏木舅舅也没有恶意呀，不过，我们怎么跟岩见先生回复倒是叫人挺犯难的。"父亲一直对柏木舅舅不怎么待见。之前我的作文被评为一等的时候，母亲和舅舅简直高兴得不得了，但父亲却认为不应做这种对我刺激太强的事情，听说还批评了舅舅一通。这是后来母亲带着不满告诉我的。尽管母亲一直数落舅舅的不是，但只要父亲批评舅舅几句，母亲就会很生气，母亲是个亲切、开朗、和善的人，但为了舅舅的事情，却时常会和父亲发生争执。舅舅简直是家里的恶魔。

收到岩见先生非常有礼貌的来信后的两三天，父亲和母亲又发生了一次严重的争执。吃晚饭时，父亲提出："既然岩见先生满是诚意地那样说，我们也不能失礼呀，我想我得带着和子去拜访他一趟，把和子自己的想法跟他好好解释一下，希望他能理解。如果光写信回复的话，容易产生误解，万一让人家有什么想法就不好了。"母亲低着头，想了一会儿答道："是我弟弟不好，反而给大家带来了麻烦。"随后，她抬起头来，用右手小手指拢了拢垂落下来的鬓发，语速稍快地说道："也许是我们一时糊涂了吧，和子能受到那么有名的先生夸赞，不知怎么的，我们就真的产生了这样的想法，想请岩见先生今后多多关照一下我们家和子，假如她真有这方面的天赋，不如就让她往这方面发展发展也好呀。你呢，平时老是打击她，是不是也太顽固了点？"母亲说着，浅浅地一笑。父亲一听停住手上的筷子，用一种教训的口吻说道："发展？再发展也是空费心血。女孩子的文才，根本就不是什么大不了的事，即使一时因为稀罕受到人们关注，但那只会毁了她的一生！就说和子吧，她现在已经害怕得要命呢。女孩子嘛，普普通通地长大、嫁人、成为一个好母亲，就是最最理想的人生。我说你们哪，根本就是想利用和子，来满足自己的虚荣心和功名心！"母亲压根不想听父亲说，她伸手"咚"地将放在我旁边的小陶锅端下桌，随即"唔，烫！烫！"地叫道，一边将右手拇指和食指放在嘴边吹着气一边说："啊呀，真烫，把我的手都烫红了！不过，我弟弟，他也没有别的意思啊……"她视线望着旁边说道。此时父亲撂下碗筷，提高了嗓音说道："要我怎么说你才明白啊？！

你们就是损人利己，想把和子当牺牲品！"父亲用左手轻轻按着眼镜，还准备继续往下说，母亲突然抽泣起来，她撩起围裙擦拭着眼泪，同时唠唠叨叨不客气地诉说起来，什么父亲的薪水啦，家里人购置衣服啦，总之说的都是有关钱的事。父亲朝我和弟弟努了下下巴，示意我们避开，于是我催着弟弟赶紧来到书房，但此后一个多小时，从起居室一直不断传来争吵的声音。平日里母亲是个爽快、不爱钻牛角尖的人，可一旦情绪激动起来，就会不顾一切地说出些激烈而极端的话来，令人难以入耳，因此我听着非常难受。

第二天，父亲从学校下班后去了岩见先生的家，专程向他表示感谢和致歉。这天的早晨，父亲想叫我一起去拜访岩见先生，说不清楚为什么，我竟吓得下嘴唇簌簌发抖，根本没有勇气去。这天晚上大约七点钟，父亲回到家，告诉母亲和我说，岩见先生年纪轻轻，却非常优秀，他充分理解我们的想法，并且还向父亲致歉，表示自己其实也不很赞成女孩子朝文学方向发展，只是经不住别人的再三恳求（岩见先生没有说出名字，但显然指的是柏木舅舅），没办法才给我父亲写了那封信。我高兴地拉住父亲的手晃着，父亲微微眯起镜片后面的眼睛，露出了笑容。母亲则好像彻底忘记了之前的事，态度平和，合着父亲的话语不时地点头表示赞同，什么话也没说。

这之后有段时间不怎么看到舅舅的身影，即使来我家，也一反既往，对我十分冷淡，并且只待一会儿便回家去了。我将作文的事彻底丢到了脑后，学校一放学，我回到家便忙着照看花坛、出门买东西、在厨房帮忙干活、给弟弟当家庭教师、做针线活、复习功课、为母亲按摩，等等，替所有人分担事情，忙得不亦乐乎，日子却过得很充实。

暴风雨还是来了。

那是我读女子中学四年级时的事。这年正月里，小学时的泽田老师出乎意料地来到我家贺新年。父亲和母亲大概感到惊奇，又或者感到亲切，总之非常高兴地款待了他。泽田老师说他早已辞掉了小学的工作，现在这里那里的给人当家庭教师，日子过得倒也悠闲自在。不过依我的感觉——恕我失礼了——泽田老师好像一点也不悠闲自在，他和柏木舅舅年纪相仿，但看上去就像四十多岁，不，简直像个奔五十的人的模样，虽说一直长得比较老成，但仅仅四五年没见，似乎一下子就老了二十岁，样子疲惫不堪，笑起来有气无力的，由于使劲挤出来笑容，以至脸颊上堆起了几道深深的皱纹，看了叫人难受，与其说惹人同情，还不如说惹人厌嫌。发型倒还和以前一样，理着短短的平头，不过白发明显多了。泽田老师的态度完全不似从前了，现在是一个劲地对我恭维戴高帽，我先是惊惶失措，继而感觉浑身难受。说我长得又漂亮，人又温静贤淑，一听就知道是虚文浮礼的客套话，让人听了极不自在，并且遣词用语特别的客气礼貌，倒仿佛我是老师的尊长似的。泽田老师絮絮叨叨地对父亲母亲说起我小学时的事情，并且重新提起我好不容易已经忘掉的作文的事，直夸我有天赋，还说，我当时对于少儿作文不怎么热心，也不知道通过作文来引导少儿成长这种教育方法，现在不一样了，现在我对少儿作文及其方法作过充分的研究，对于指导少儿作文很有自信，让和子在我的新式理念指导下，进行专门的写作练习，我保证让她很快就会有长足的进步，你们看怎么样？泽田老师借着酒劲，醉醺醺、大言不惭地夸着海口，完了还死劲拉着我的手说：来来，我们握个手吧！父亲母亲虽然脸上堆着笑，其实想必也是满心无奈吧。

谁料，泽田老师醉酒时说的并不是口无遮拦的胡说八道。大约隔了十天，泽田老师又煞有介事地登门来到我家，开口对我说，那么，我们就从最基础开始循序渐进地进行作文练习吧？我一时莫名其妙。后来才知道，泽田老师因为学生考试的事出了点问题，是被学校辞退的，离开学校后，生活困难，便到处登门造访之前学生的家，死磨烂缠地让学生家长请他当家庭教师，以此来维持生计。正月来过我家之后，他马上又给我母亲写了封信，除了一如既往地夸赞我的天赋，还讲到当时时兴的作文趋势，以及所谓的天才少女的例子，竭力怂恿我母亲。母亲对我在作文方面的期待从来就没有打消过，于是回信答应了下来，说好每周一次，请泽田老师上门做我的家庭教师。父亲那边，母亲解释说是想为泽田老师解决生活困难出一点点力。父亲心想，毕竟是之前教过我的老师，不好意思回绝，也就勉强同意了。

于是，泽田老师便每星期六登门，在书房向我喊喊喳喳地灌输那些无聊的东西，我实在是烦透了。什么"写作这事，最重要的是要把助词、助动词这类基本字词用准确"，这种理所当然的事竟然当作头等要诀反复复地强调。什么"太郎在院子玩"是错的，"太郎去院子玩"也不对，应该说"太郎在院子里玩"。我偷偷地发笑，他便用一种遗憾的眼神盯着我看，好像要在我脸上钻出一个窟窿似的，随后叹一口气，说道："你呀，就是不够努力，一个人如果不努力，无论做什么事情都不会成功。你知道一个叫寺田正子[15]的天才少女吗？她出身贫寒，生活非常困苦，想读书却连书都买不起，可她的优点就是非常努力，始终牢记老师的教导，所以才能够写出那样优秀的名作，作为她的老师也觉得非常自豪哪。你要是肯再努力一点，老师也可以把你培养成寺田正子那样的作家呀。哦不，你拥有很不错的家庭环境，应该能成为比她更了不起的大作家！老师认为，自己在某方面认识要优于寺田的老师，那就是关于德育。你知道卢梭吗？让·雅克·卢梭，公元一千六百年，不对，是一千七百年，一千九百年……你笑吧，笑个够好了，你呀是依仗自己有那么点天才，就瞧不起老师啊。中国古代有个叫颜回的人……"杂七杂八的，足足讲了一个小时，最后漫不经心地说："这个就留到下次再讲吧。"随后慢慢踱出书房，来到起居室和母亲又聊了一

15　寺田正子：此处疑暗指丰田正子。丰田正子据称是当时有名的才女，东宝映画株式会社曾根据其人其事拍摄成电影《作文教室》，由高峰秀子主演。

会儿家常，才离开回家。

　　泽田老师小学时多少给过我一些帮助，所以我不想对他说三道四的，那样不厚道，不过我真的觉得泽田老师的所谓新式指导简直让人越听越糊涂。比如，他会一边看着小本子一边指导我："写作很重要的一个技巧就是描写，描写不过关，别人就不知道你在写什么。"这不是理所当然的吗？比如，形容下雪的情景，他将小本子插入胸前口袋，说道："你入神地看着窗外漫天雪片，仿佛给大地铺了一层毯子，你如果写'雪哗哗地下'就不行，雪的感觉没有出来，'雪下个不停'也不行，'雪片飘飘洒洒'怎么样？还是不够；'雪扑簌簌地下'……这个比较接近，雪的感觉一点点出来了，这好，有点意思，"他双手叉在胸前，摇头晃脑，一副独自陶醉的样子，"'淅淅沥沥'怎么样？嗯，这个一般是用来形容春雨的词，好像还是'扑簌簌'更佳；对，'扑簌簌'和'飘飘洒洒'一起用也是一种手法，'雪片扑簌簌地飘飘洒洒而下……'"他眯缝起眼睛低声诵读，津津有味地咀嚼玩味着，忽然又想到什么："嗯，好像还不够，对了！'雪片像鹅毛似的翻飞飘落'！还是古人的文章描写传神啊，'鹅毛'这个词用得简直活灵活现！和子，你明白了吗？"他这才转向我看着我说道，我却几乎要哭出来了，既替泽田老师感到可怜，又对他厌嫌得要命。

即使这样，对这种胡扯八溜、让人痛苦不堪的指导我还是强忍了三个月，到后来，只要一见到泽田老师我就难受，终于忍无可忍，一五一十全都向父亲说了，父亲听了道："这可真是没想到啊。"父亲原本就反对给我请家庭教师，只是不好阻拦为泽田老师解决生活困难出一份力这个理由，才同意泽田老师来的，不承想泽田老师竟如此不负责任，还以为他每星期来一次至少能够帮助我有所提高呢。于是，父亲和母亲之间又爆发了一次激烈的争吵，我在书房听着他们的争吵，大哭了一场，他们为了我才吵成这样，我岂不成了世上最糟糕最不孝的女儿了？既然闹成这样，我只能在作文和小说这方面更加努力，争取有所成就，好让母亲高兴。想虽然这么想，可我实在不中用，我什么也写不出来。其实从一开始，我就不具备什么文学才能。就拿形容下雪来说，泽田老师不知比我强多少倍呢。明明自己差劲，还要嘲笑泽田老师，我真是个蠢女孩，"雪片扑簌簌地飘飘洒洒而下"这种句子我根本想不出来。——听着父亲和母亲在起居室的争吵声，我真恨自己，自己就是个不中用的女儿。

母亲争辩不过父亲，于是此后泽田老师不再上我家来了，但是令人不快的事情仍接踵而至。东京深川有个叫金泽富美子[16]的十八岁少女写得一手漂亮文章，广受世人好评，她写的书比那些小说名家的著作还要畅销得多，她也因此一跃成为一名年轻的富婆。柏木舅舅仿佛自己成了百万富翁似的，满脸兴奋地来到我家，向母亲一阵炫耀。母亲听了也兴奋不已，吃完饭一边收拾碗一边兴致勃勃地对我说："和子你也很有文学才能的，你要是好好写也写得出来啊，为什么就不肯好好学呢？如今不同以往了，女孩子不能老窝在家里，不如让你柏木舅舅辅导辅导，也试着写写东西如何呀？柏木舅舅可不像泽田老师，毕竟是上过大学的，再说，到底是自家人，靠得住嘛。你要是靠写作挣了大钱，谅你爸也不会再反对的。"

从那时候起，柏木舅舅又几乎每天出现在我们家，拉着我进书房："首先从记日记开始，把你看到的、感

16　金泽富美子：此处疑暗指少女作家野泽富美子，野泽富美子十九岁时出版小说《烧砖女工》(中央公论社，1940年5月)，成为当时的畅销书。

受到的，全都忠实地写下来，那样就能成为漂亮的文学作品！"接着又给我讲各种难以理解的理论，无奈我一点也不想写，每次总是敷衍一下，听过便忘记。

母亲的兴奋劲过去之后，总算很快清醒过来，那分兴奋劲大约持续了一个月左右，随后就忘记了。但柏木舅舅非但没有清醒，甚至愈加狂热。"我已经拿定主意，从今往后，要让和子也成为一名小说家"！趁父亲不在的时候，他扯着嗓子一本正经地告诉母亲道："说到底，和子这孩子只能当小说家，不可能考虑其他发展路径。她头脑这么聪明，千万不可以像普通女孩子那样随便嫁人，那些你都不要去想了，就让她在文学这条道路上专心地努力吧！"听到舅舅说得如此决绝，母亲心里不是滋味，怅然而道："是吗，那和子不是太可怜了吗？"

也许我还是被舅舅说中了。第二年，我从女子中学毕业后，对舅舅当时那恶魔般的预言一方面恨得要死，另一方面内心一隅却似乎又在暗暗肯定：也许是那么回事呢。然而，我是个不中用的女孩。我很愚笨。我越来越不懂自己了。女子学校毕业后，我仿佛遽然变了一个人似的，每天无精打采，百无聊赖，家务事一点也不愿意帮忙，花坛养护、练琴、辅导弟弟课业，等等，全都提不起劲来，整天背着父亲母亲偷偷沉浸于轻浮低俗小说的阅读。小说这玩意儿，为什么尽写些人的见不得光的阴暗丑事呢？我开始展开放荡的联想，渐渐地，我不再是个清纯的女孩了。于是我想，我要照舅舅曾经教导过我的，将自己看到的、感受的东西，原原本本地写下来，向神祇忏悔，但我没有勇气写。不对，是我没有能力把它写出来。我真的就像头顶着一口生锈的大锅，实在受不了了！我什么都写不出。

前一阵子，我忽然想试着写点东西。为了先练练笔，我以"睡眠箱"为题，将某天夜里发生的无聊事情写在日记本上，拿给舅舅看。舅舅没等读到一半，就将日记本扔了过来，狠狠地对我说道："和子，女作家什么的我劝你别再做梦了，彻底打消这个念头吧！"他似乎醒悟过来了，说的时候一脸严肃。接着，他苦笑着又给了我一句忠告："和子呀，搞文学，是需要具备特殊才能的，否则做不成的。"此时，倒是父亲笑呵呵地轻描淡写地鼓励我道："你要是喜欢，不妨继续写吧。"

母亲时不时地听别人讲起关于金泽富美子及其他一举成名的文学少女的事例，便抑制不住兴奋地来谆谆开导我："和子，你如果坚持写也一定会成功的，但是缺少毅力的话就什么都是白说。从前加贺千代女 [17] 刚开始拜师学习俳句时，师父布置她先以"子规"为题写一首俳句，千代女写了好几首拿给师父看，师父都不认可，于是她彻夜不眠，苦思冥想，不知不觉天已发亮，便随口吟成一首：'不如归去兮，子规夤夜啼月急，东方竟已白。'师父看了，终于拍手道：'写得好啊千代女！'所以说呀，做什么事情都要有毅力才行。"说到这里，母亲抿了一口茶，随后喃喃地轻声自语道："'不如归去兮，子规夤夜啼月急，东方竟已白。'写得就是好啊！"她独自在那儿赞赏不已。

可是母亲，我可不是千代女，我只是个什么也写不出来的低能的文学少女！我钻在被炉下翻看杂志，看着看着睡着了，于是联想到被炉似乎就是人的睡眠箱，就尝试写了篇小说，结果拿给舅舅看，他还没看到一半就扔了，后来我自己重读，也觉得确实很无趣。到底怎么样才能把小说写得更好看呢？

17　加贺千代女（1703—1775）：日本江户中期的女俳人，据称十二岁学习创作俳句，十七岁时已蜚声地方，后出家为尼，法号素园，著有俳句集《千代女尼集》《松之声》。因出身加贺国（今石川县南半部），一般称呼其为加贺千代女、千代尼。

昨天，我给岩见先生写了封信，我在信里写道，恳请他不要对七年前的那个天才少女弃而不顾。我现在大概是疯了吧。

灯笼

　　越解释，人们对我越是不信。所有遇见的人，全都对我心怀戒备，即使我只是出于想念想见谁一面，一踏进家门，对方便以一副"你来做什么"的眼神迎上来。真叫人感觉不好受。

　　我变得哪儿都不想去了，即便是上附近的澡堂子也一定要等到天黑以后才去，因为我不想让任何人看见我。可时值夏季，就算是天黑之后，白地的浴衣浮于夜幕之中，感觉特别扎眼，我紧张得要命，不知所措。昨天和今天天气明显凉快了下来，马上就要进入换季大促销了，于是我想赶快换一身黑地的单衣[18]穿。就这一身

18　单衣：指和服单衣，一种没有里子的单层和服，适合夏天至初秋季节穿。

老也不换，穿过秋天、穿过冬天、穿过春天，转了一圈再回到夏天，还继续穿着白地的浴衣晃荡的话，实在是说不过去。起码，明年夏天到来之前，我想穿着这件印有牵牛花图案的浴衣，化上淡妆，庙会的时候毫无惧色地行走在拥挤的人群中——想一想那时候得意的样子，我此刻便不由得激动得心里怦怦直跳。

我偷了人家东西。这是事实。我知道这是不对的，可是——不！你们听我从头解释呀！我可以当着神的面告诉你们一切。我不指望别人帮我，我所说的，你们愿意相信我的话，请你们听我跟你们解释。

我是清贫如洗的木屐铺家的独生女。昨晚上，我坐在厨房里切洋葱，忽然听到屋后荒地那儿传来孩子的哭叫声："姐姐！"我一下子停住了手，心想：要是我有一个跟我这么亲这么饱含深情地呼唤我的弟弟或妹妹，对我这个孤苦的人来说那是再好不过了！想到这里，本来就被洋葱刺激得沁出泪花的眼睛里又涌出一股热泪，我用手背拭了拭眼睛，这下洋葱的气味越发钻入眼睛，眼泪淌个不停，弄得我一时手足无措。

"那家那个放肆的姑娘，到底犯起花痴来啦。"今年樱花树发出新绿的时候，从梳头铺[19]的老太婆那儿开始传出这样的流言。那一阵子，也正是庙会夜市开始出现瞿麦花、蝴蝶花的时候，说真的，那会儿真是快活啊。天刚擦黑，水野便会跑来约我出门，我则不等天黑，早已换好和服、化上妆，几次三番兴冲冲地进进出出，等着他到来。周围邻居看见我这样子，便在背后指指点点嘲笑说，瞧啊，木屐铺家的咲子犯花痴啦。这是我后来听说的。父亲母亲大概也隐隐感觉到了什么，但他们没法指责我。我今年已经二十四岁了，之所以仍然嫁不出去，也招不到上门女婿，就因为家里太贫穷。母亲原是这村里一个有头有脸的地主的小妾，后来和我父亲私通款曲，背叛了地主，私奔到我父亲家里，不久就生下了我，但我的容貌既不像地主也不像我父亲，因而我在人前很是抬不起头，有一阵子简直被人当作小偷似的不受待见。身为这样的家庭里的姑娘，与婚姻几无缘分也是理所当然的。当然，凭我的相貌，就算是生在有钱的华族家庭，大概也只能是没人愿意娶我的命吧。不过，我并不恨我父亲，也不恨我母亲。我是父亲的亲生女儿，

19　梳头铺：专门为人梳理头发的店铺，日本为男性梳头始于安土桃山时代（1573—1603），为女性梳头始于宽政年间（1789—1801）。

不管别人怎么说，我坚信这一点。父母十分疼爱我，我对父母也体贴照顾有加，父母两人都十分怯弱，即使对自己亲生女儿的我也显得拘谨客气。对于谨小慎微的弱者，就必须主动关心、体贴他们，为了我父母，我下定了决心，不管多么孤寂痛苦，我都会强忍着坚持下去，可是，自从与水野交往之后，在孝敬父母这方面我确实做得不够好。

　　说起来难为情，水野小我五岁，还是商科学校的一个学生——但是，请原谅，因为我没有其他办法。今年春天，我左眼得了眼病，上附近的眼科医院就诊时，在候诊室里认识了水野。我是个很容易仅凭第一印象就对人产生好感的女子。他当时像我一样，左眼戴着白色的遮眼罩，快快不乐地皱着眉头在那里胡乱翻查一本小词典，那副样子真让人眷怜。我因为戴着遮眼罩心情十分烦闷，透过候诊室的窗户眺望外面的谷浆树，谷浆树的嫩叶看上去似乎像是包裹了一层氤氲，熊熊的青烟蒸腾而上，感觉外界的一切都宛如身在遥远的童话世界中一般，水野的脸显得那样俊美，那样高贵，仿佛不是这个世上的人，想必也是遮眼罩的魔法起了作用吧。

　　水野是个孤儿，没有人愿意同他亲近。他家原先是做药材批发的，母亲在他尚为婴儿的时候便去世了，十二岁时父亲又离开了人世，家是彻底倾覆了，上面两个哥哥、一个姐姐先后被不同的远房亲戚领走，年纪最小的水野则被店里的掌柜收养，现在正在商业学校读书。水野曾对我说，他每天过得非常拘闷、孤独，只有与我一起散步的时候才感觉到轻松和愉快。日常生活方面似乎也很拮据，让他颇觉烦恼，他说，本来和朋友约定，今年夏天要去海边游泳，但是我看他却一点也不高兴，相反还一副垂头丧气的样子。那天夜里，我偷了东西，偷了一条男式泳裤。

我轻盈地走进镇上生意做得最大的大丸店内，装作左一件右一件地在挑选简式连衣裙，将它们后面的一条黑色泳裤偷偷拽到手上，然后紧紧夹在腋下，若无其事地走出商店。刚走出大约六七米，突然身后有人叫住我："喂！喂！"啊——！我被一阵巨大的恐惧驱使着，发疯似的撒腿跑了起来。"小偷！"只听得背后一声怒声吼叫，与此同时肩膀被狠狠拍了一下，我一个趔趄，倏地转过身去，"啪！"脸上重重挨了一记耳光。

我被扭送到了派出所。派出所前，集聚了黑压压的人群，都是镇上似曾相识的乡邻。我披散着头发，膝盖也露出在了浴衣的下摆下面，简直惨不忍睹。

警察让我在派出所里间铺有榻榻米的狭小房间坐下，询问了我许多问题。他皮肤白净、面庞清瘦、戴着一副金丝边眼镜，是个年纪约莫二十七八岁、看上去令人讨厌的家伙。他先是询问我的姓名、住址、年龄等，并一一在本子上记下来，随后突然冷冷一笑，问了句：

"这是第几次啦？"

我只觉得后脊梁窜上一股寒气，一时想不出任何回答的话。万一弄不好的话，我将背上一个沉重的罪名，可能会被关进牢房，所以我必须好好为自己解释一下。于是我拼命搜索着恰当的辩解，可是脑子像漂浮在五里雾中一样，不知道应该如何辩解。我从未碰到过这样可怕的事情。我挣扎着想叫，终于吐出话来，但却连自己都觉得是那样出乎意料、那样蹩脚，然而一旦话从口出，就好像鬼使神差似的，莫名其妙地冒出一大串可笑的话，停也停不下来。

"不要把我关进牢房！我不是坏人！我已经二十四了，二十四年间，我一直孝顺父母、服侍父母，我有什么错？从小到大，我都没有被人指指点点非议过。水野是个优秀的青年，将来一定会成长为一个了不起的人，我知道的,我不想让他因为我而蒙羞。他和朋友约好了,要去海边玩,我只想为他准备些普通人应当备好的物品,这也有错吗?我是个傻瓜,虽然是傻但我也想尽量为水野做好出游的准备。他出身良好,他和其他人不一样。我怎么都可以,只要他能够在社会上出人头地,我都无所谓了,我有我自己的生计,但是千万不要把我关进牢房!我长到二十四岁,从来没有做过一件坏事,我还一直在精心照顾贫弱的父母啊,不行,不行,决不能把我关进牢房!我二十四年来这么努力、这么坚持,就因为这一晚的一念之差,动了不该动的手指——就因为这一点事情,就要毁掉我二十四年,不,毁掉我的一生,这不公平,不能这样啊!我想不明白,这辈子中就这么一次,莫名其妙地右手就这么动了一下,难道就能当成我手脚不干净的证据吗?这太过分了,太说不过去了呀!不就这么偶尔一次、这么一丁点的事吗?我还年轻,今后人生的路还长,我仍会像之前一样,再贫困、艰辛也不放弃生活,我就知道这一点,我一点也不会变,我还是昨天的咲子。一件游泳裤,对大丸来说能带来多少损失呢?有的人巧取豪夺别人一两千元的,不,甚至搞得别人家破人亡,不照样被大家所称赞吗?牢房到底为谁而存在？被关进牢里的尽是穷人，那些人绝对不会做出欺诈别人的事来，他们都是天性正直的弱者，因为不懂得狡猾奸诈，不会对别人巧取豪夺来让自己过上好日子，所以被生活所迫，终于做出那种荒唐的事来，仅仅抢了两三元钱就不得不在牢房里被关上五年十年……啊啊，真是滑稽，太滑稽了，为什么竟会有这种可笑至极的事情！"

我一定是疯了吧？没错，一定是疯了。警察脸色苍白，盯着我看了好一阵子。忽地，我竟然对这名警察莫名地产生了好感。我一边哭泣，一边勉强挤出一丝微笑。我似乎被当成精神病患者了。警察小心翼翼地把我带到警察署，当晚我在拘留室过了一夜。第二天清早，父亲来接我，我被允许回家了。回家的路上，父亲只问了我一句：你没有挨打吧？其他的什么也没有提。

那天，我读到晚报，一下子脸红到了耳根子：我的事情上报了！标题是——"偷窃居然还有三分理 左翼少女美词丽句滔滔不绝"。奇耻大辱还不止于此：住在附近的人络绎不绝地在我家门口晃荡，起初我没明白是怎么回事，待看到他们全都探头探脑地朝我觑望，我才恍然大悟，情不自禁浑身直打寒颤。我渐渐清晰地意识到，我当时那个微不足道的举动却酿成了多么大的事件啊。假如当时家里藏有毒药的话，我一定会毫不犹豫吞下去，或者屋后有片竹林的话，我一定会毅然地走入竹林自缢的。有两三天，家里都闭门歇业。

后来，我接到了水野寄给我的信。

在这个世界上，我是最信任咲子的人了，然而，咲子你在教养方面还是很欠缺呀，你是一个正直的女性，但置身你所处的环境当中，在有些事情上你错了，我曾努力帮你改正这些问题，不过有的问题却是致命的原则性问题。人，缺乏学识是不行的。前几天，我和朋友一道去海边游泳，在海边，我们就人必须要有进取心这个话题展开了长时间的议论。我们终将成为了不起的社会精英，咲子你今后也应当谨言慎行，偿负自己所犯下的罪过，哪怕万分之一，并向社会诚挚道歉，那么全社会的人只会憎恨这种罪过但决不会憎恨你这个人。水野三郎。

（阅后请务必烧毁，连同信封一起烧掉，切切！）

这便是信的全文。我居然忘记了水野原本就是有钱人家的子弟这个事实。

　　如坐针毡的日子一天天逝去，天气渐渐凉了下来。今天晚上，父亲说，屋子里的灯光太暗，让人情绪低落，这样子不行，于是将六席房间里的灯泡换成了五十烛光[20]的亮晃晃的灯泡。我们三人围坐在亮晃晃的灯下吃晚餐。母亲一个劲地嚷嚷："啊呦，太刺眼了！太刺眼了！"她举起捏着筷子的手遮在额头上，兴奋得不得了，我则给父亲斟上酒。我在心里暗暗对自己说，我们一家的幸福，归根结底就像这屋里换个灯泡一样微不足道，尽管如此，我并不觉得凄凉，相反，我心头涌起了一股平静的欢愉，感觉我们一家人这样坐在节俭的灯下，宛如一台美仑美奂的走马灯，呵呵，别人想窥探觑视就让他们窥探觑视好了，我们父女、母女过得很幸福呢。我很想将这份欢愉也告诉院子里鸣叫着的秋虫们。

———————————

20　烛光：旧时的发光强度单位，1948年第九届国际计量大会上决定采用新的发光强度基准并定名为坎德拉，后来又对坎德拉作了更加严密的定义。

蟋蟀

我必须离开您了。

您这个人，谎话连篇。或许我也有不对的地方，但是，我不知道自己哪里不对。我已经二十四岁了，到了这个年纪，即使有人指出我哪里不对，也难改了，只要无法像耶稣那样死而复生，我就不可能有所改变，但自己求死，又让我觉得罪孽深重，所以我选择离您而去，按照我自认为正确的生存方式，努力地生存下去。您让我觉得可怕。在这世上，您的生存方式想必才是正确的，可是对我而言，我实在无法依循那样的生存方式生存下去。

我来到您身边，已经五年了。十九岁那年的春天，相亲之后没多久，我就几乎是子身一人来到您身边，时至今日我不妨告诉您，当时父亲母亲对这门亲事都竭力反对，弟弟也是一脸的不乐意。弟弟那时刚刚上大学，说出来的话却颇显老成，弟弟对我说：姐姐，你觉得他靠得住吗？因为觉得您听了会不高兴，所以我一直没有对您说起，其实，当时我还有另外两个相亲对象，如今记忆已经有些模糊了，其中一位应该是刚从帝国大学[21]法学科毕业，富家子弟，听他的志向是当个外交官什么的，我见过他的照片，表情开朗，一副乐天派的模样，这是我在池袋的大姐给介绍的。另一位在父亲的公司里工作，是个年近三十岁的技师，事情已经过去五年，我记不太清楚，听说好像是一个大家族的长男，为人本分可靠，感觉他很受父亲赏识，父亲和母亲都对他非常的属意。我记得没有见过他的照片。这种毫芥琐事本来没什么好说的，但一想到被您嗤诮又很是让人受不了，所以我才将我所记得的事情如实告诉您，告诉您这些丝

21　帝国大学：根据日本政府明治十九年（1886）颁布的《帝国大学令》而设立的旧制官立大学，先后于东京、京都、东北、九州、北海道、大阪、名古屋及海外的京城（今韩国首尔）、台北设立九所帝国大学，第二次世界大战后，位于日本本土的七所帝国大学依照学制改革的命令统统改制为新制国立大学，"帝国大学"随之消亡。此处的帝国大学指的应为东京帝国大学即今东京大学。

毫也没有想激怒您的意思，请您相信，我只是感到困扰。因为，早知道这样，当初要是嫁给别的人就好——这种三心二意、荒唐的事情，我从来都未曾想过，除了您，其他人对我来说是根本无法想象的，假如您还是以一贯的态度嗤笑我的话，我真的不知道怎么办才好了，我是很认真地和您在说，请您听我把话说完。

那时候——现在还是——我从没想过和您以外的人结婚，这一点是毫不含糊的。我从小就讨厌做事婆婆妈妈、拖泥带水，当时，父亲母亲还有池袋的大姐一个劲地劝说我、替我分析权衡，撺掇我相亲，但我的感觉是，相亲就跟举办婚礼没什么两样了，所以不可能轻易答应。我根本不想同一个相亲对象结婚，假如真的像大家所说，对方是个无可挑剔的人的话，那更轮不到我了，无论如何也早该寻觅到其他更好的女孩了吧？所以我对相亲这事总是提不起兴趣。我当时只是朦朦胧胧地感觉，自己要嫁的人，必须是一个全世界——这样说，您马上又要取笑我了——除了我，没有愿意嫁给他的人。刚好就在那时，您那边传过来提亲的话，因为给人感觉非常的不礼貌，父亲母亲从一开始就很不满意。您想想，那个古董商但马先生跑到父亲的公司来卖画，照例一大通絮叨之后，他对我不那么庄重地开起了玩笑：这画的作者日后一定会是个了不起的人物哪，您觉得怎么样，小姐？父亲听了也没往心里去，姑且将画买了下来，挂在公司会客室的墙上。不承想两三天后，但马先生又来了，本以为他这次是一本正经前来提亲的，谁料到他竟然把事情搞得一团糟。充任使者的但马先生如此德行且不说，可这种事情居然拜托给但马先生这样的人，这拜托的人也真够呛，父亲母亲都诧讶得无语了。但后来我问了您才知道，这件事情您压根不知情，完全是但马先生出于个人义气擅自做主的。您得到了但马先生百般关照，您现在之所以能够成名成家，也多亏了但马先生的照拂呀，他对您真的是远远超出了生意之谊，全心全意地帮您，就因为他看好您，所以您今后绝不能忘记但马先生。

我当时听到但马先生鲁莽的请求，虽然感到有些吃惊，却忽然生出一个念头，很想一睹您本人的风采，说不清什么缘故，我只觉得心里一阵兴奋。有一天，我偷偷跑到父亲的公司观赏了您的画作，当时的情形我好像和您提起过吧。我装作有事要找父亲的样子，走进会客室，独自全神贯注地观赏你的画。那天，天真冷，我站在没有暖气、空落落的会客室一隅，一边打着寒战一边看着您的画：一座小巧的庭院，洒满阳光的室外檐廊，廊上一个人也没有，只放了一只白色的圆褥垫，画面只有绿色、黄色和白色。看着看着，一阵更加猛烈的颤抖向我袭来，使我差一点站立不住，心想，这幅画只有我才能看懂。——我是很认真地说的，您不许笑。看过那幅画，之后的两三天不论白天或晚上，我的身体依然止不住地颤抖，完全无法控制。我想，无论如何我一定要嫁给您！我觉得自己太轻佻了，以至于羞怯得周身发烫，仿佛身子要燃烧起来似的，但我还是忍不住向母亲提出了恳求。然而母亲满脸愠色。不过我事先已经料到会是这样的结果，所以并没有死心，转而直接回复但马先生表示我愿意。但马先生大声说了句，你真了不起！他腾地站起来，不小心被椅子绊住，跌了一跤，不过，我和但马先生当时却都一点也没觉得好笑。后来的事情，想必您也知道得一清二楚了。随着时久日深，我家里对您的看法愈加糟糕。您和父母双亲连声招呼也不打就从濑户内海跑到东京来，不光您的父亲母亲、包括您的所有亲戚都对您颇觉厌嫌，爱喝酒，作品一次也没有入选过画展，有左翼倾向，是否真的毕业于美术学校很让人怀疑，等等。父亲母亲告诉了我许多有关您的事情，随后自然少不了一通呵斥，也不知道他们从哪里打听来的。不过，在但马先生的热心周旋下，我们终于还是见了面。

我和母亲一同踏上千疋屋的二楼。您的样子一如我所想象的，尤其衬衫的袖口洁净无垢，让我特别惊奇。要命的是，在我端起红茶托盘的时候，因为紧张，手不停地抖，茶匙在托盘上叮叮作响，令我觉得非常难为情。回到家后，母亲对您的批评比相亲之前更加严厉，一个劲地数落您的不是，说您只顾吸烟，与母亲都没好好说上几句话，实在是非常失礼，还三番五次地说您品貌不扬，总之，认为您完全没有前途。不过，当时我已经拿定主意，铁了心要嫁给您了。整整一个月，我和父母死缠硬磨，终于赢得了胜利。和但马先生商量过后，我几乎是子身一人不带一物地嫁给了您，在淀桥租住的公寓里生活的那两年，是我最快乐的时光，每天，光是脑子里想着明天要做什么，就会激动万分。您呢，对于画展啦、名流大家的名字啦毫不关心，只沉浸于恣意作画当中。生活越是艰困，我越是欢欣雀跃，有种说不出的高兴。当铺也好，旧书店也好，都能让我生出一种仿佛远方故乡般的亲切感，即使真到了山穷水尽的地步，我也会使出自己的全部力量，努力应对，我对生活充满了热情和干劲。没有钱粮时，两人一起享用餐饭反而更加快乐、更加美味。我还接连不断地"发明"出一些美味的料理，对吧？但是现在，我却做不到了，想到想买什么东西都可以随心所欲买下，我就什么购买欲望都没有了，即使去逛市场，我也是大脑一片空虚，别人家太太买什么，我就照着胡乱买些什么回来。

您突然之间成功了，从淀桥的公寓搬到三鹰町现在的这个家之后，感觉快乐就从我的生活中消失了，因为，再也没有我施展身手的空间。您一下子变得巧于辞令了，对我也越来越呵护，但我却感觉自己仿佛一只被人圈养的猫，这让我一直感到困扰。我从不指望您在这世上出人头地，一直以为您会是个贫穷一辈子却依然恣意地画着您想画的作品，即使被世上所有的人嘲笑，仍不为所动、并且不向任何人低三下四，偶尔惬意地喝上几口酒，寄身俗世却纤尘不染，无愧无怍度过此生的人。我是不是很傻？但是，像这样清雅纯美的人，这世上至少总会有那么一两个吧！无论过去和现在，我始终这样坚信。这样的人没有人看得到他额上的桂冠，所以他肯定会遭人蔑视，也没人会嫁给他、照顾他，所以我愿意把自己交给他、一生陪伴在他身旁。对您来说，我就是那个天使，除了我，我想再没有人能够理解您。可这又怎么样呢？我似乎一下子变得很了不起了，但不知道为什么，我却感到惭羞，惭羞得不能释怀。

对于您的成功我当然没有憎恶。知道您那令人难以想象、饱含感怆的画作日渐受到众人喜爱，我每晚都会感谢神明对您的眷怜，高兴得甚至想哭。在淀桥公寓生活了两年，您随心所欲地画自己喜欢的公寓后院、画深夜新宿的街景，当家里一无所有的时候，但马先生就会上门来，留下足够的钱换走您的两三幅作品，那时，您只对但马先生将画拿走而感到十分失落，对金钱上的事情却毫不关心。但马先生每次来都会悄悄地把我叫到走廊，千篇一律地一本正经对我说，还请你们多多关照，说着将一只白色的长方形信封塞进我腰带里。对此您总是假装不知道，而我当然也不会做出那种立时察看信封内装了多少钱的卑贱举动，而且也从来没有告诉过您收到了多少钱，因为我不想玷污您纯洁的心灵。说实话，我从来都不指望您看重钱财、变得出名，我以为像您这样不善言辞而又行事鲁莽的人（抱歉这么说您），既不会发财富贵，也不会成名成家。然而，这一切不过是假象。为什么？为什么？

从但马先生前来商议开个人画展的事情开始，不知为什么，您就变得时髦起来了。首先是去看牙医。您有很多的蛀牙，笑起来就像个老头，您曾经一点也不介意，我劝您去看一看牙医，但您一直都不肯做牙齿护理，还开玩笑地跟我说："不用了，等一口牙齿全都掉了，干脆换一副假牙，一口亮闪闪的金牙，绝对会让女人动心的哩。"不知道是什么风吹的，那之后您开始趁着工作间隙时不时跑出去，回来的时候嘴里多了一两颗闪闪发亮的金牙。我说："嗳，张嘴笑一笑给我看看。"您胡髭拉碴的脸一下子变得通红，很难得地用一种羞怯的语气辩解道："都是但马那家伙三番五次怂恿的。"我们住到淀桥后的第二年秋天，您终于举办了个人画展，我高兴得不得了，想象着您的画作将受到更多的人喜爱，我为什么不高兴呢。我的确有先见之明。不过，报纸毫不吝啬地给了您那么多溢美之词，展出的画作听说全部被订购一空，有名的方家大师也写信来向您祝贺，一切过于美好了，以至于令我感到害怕。到展厅来看看吧。尽管您和但马先生那样激切地招邀我，可我却浑身颤栗着躲在家里做针线活。一想到您的画作二三十幅并列而悬，被很多人驻足观赏的情形，我就忍不住想哭。我甚至想，幸运来得如此快、如此汹汹，接下来一定会有不好的事情发生，因此我每天晚上都向神明谢罪，并且祈愿道，眼前这些幸福就够了，请保佑他接下来不要生病、不要发生什么坏事。

但马先生每晚都拖着您去拜访某某名家，有时候直到第二天清早才回家，对此我什么也没有多想，可是您却一五一十地向我仔细叙说前一晚的事情，谁谁如何如何、谁谁是个蠢货，全是些无聊的话题，一点也不像平时沉默寡言的您。和您共同生活了两年，我以前从没听您在背地里说别人的坏话，不管别人怎么样，以前的您不都是一副唯我独尊、对他人毫无兴趣的样子吗？还有，您如此不停地向我叙说这些，感觉就是在拼命让我相信您前一晚没有做过什么亏心的事，其实您不必这样小心翼翼绕圈子为自己辩解的，我又不是活到现在完全不谙世事的人，不如坦率地向我摊开来说，就算我会因此痛苦一整天，但过后反而会感觉轻松。归根到底，我这辈子都是您的妻子啊，在这种事情上，我对男人本来就不怎么信得过，并且我也不会过于纠结这种事情，假如仅仅是这个事情的话，我一点都不担心，一笑置之也就过去了，谁料还有比这个更严重的事情。

我们突然间就变成有钱人了。您变得非常忙碌，还被二科会²² 接纳成为其会员，于是您开始对公寓的房间狭小生出羞耻之心来，但马先生也一个劲地怂恿您搬家："住在这样的公寓房子里，怎么能赢得世人的信任？况且最最重要的是，您的画作价格也总上不去的。干脆狠一狠心，租个大房子吧！"他暗地里替您出谋划策，以至于连您也产生了同样的念头："可不是吗，住在这样的公寓里，会被人瞧不起啊。"听到您兴致勃勃地说出这样俗气的话，我不禁吃了一惊，突然感觉大失所望。但马先生骑着自行车到处奔波，最后才找到三鹰町的这套房子。临近年终，我们只带着少许家具搬进了这所大得让人讨厌的房子。您事先没有和我商量，自说自话去百货公司买了许多各种各样的漂亮家具，这些东西陆陆续续送到家里来，而我却心口发堵，感到十分难过，因为这样简直和那些众多的暴发户没有任何差别了，但

22　二科会：日本美术团体，现为公益社团法人，成立于1914年，由石井柏亭、有岛生马、梅原龙三郎等人发起结成，该会每年秋季公开征集作品举办公募作品展出。

我却努力装作很高兴，一副手舞足蹈的样子，抱歉了。不知不觉的，我已经变成了自己所讨厌的那种"太太"。甚至，您还提出说家里要请个女佣，但这件事情我无论如何无法接受，坚决反对，因为我实在做不到使唤别人。搬过来之后，您马上就印制了三百张贺年卡，上面还印着搬家通知。三百张！什么时候结交了这么多朋友？我觉得您正在玩非常危险的"走钢丝"，让我十分害怕，感觉很快就将发生什么不好的事情，您应该不是那种靠着庸俗的交际来换取成功的人。想到这些，我便提心吊胆，惴惴不安地挨过一天又一天。然而您非但没有栽跟头，相反还好事连连。难道我弄错了吗？

我母亲时不时地上门来看望我们，每次来她都会把我的衣物、储蓄存折等顺便带过来，显得非常高兴。据说父亲一开始看着挂在会客室的您的画作就讨厌，于是将它锁进公司的仓库，现在却将画带回家，还配上了高级画框，挂在自己的书房里。池袋的大姐也开始给我们写信，让您好好坚持下去呢。家里客人也多起来了，客厅里经常高朋满座，每当这种时候，我在厨房都能听见您爽朗的笑声，真的，您变得爱说爱笑了。以前的您那样沉默寡言，我一直以为您什么都看透了，一切都让您觉得无聊，所以才不愿意多说话，但似乎并不是这样。您在客人面前说的净是些无聊的话题，您将前几天才刚刚从别的客人那里听来的关于绘画的评论照搬过来，作为自己的意见煞有介事地大谈一通，或者是我读完某本小说后对您聊起一点粗浅的感想，第二天您便会装模作样地向客人说，那个莫泊桑，他笔下的那种信仰真有点让人害怕呢！您竟然将我的拙见原封不动地说给大家听，我刚好端着茶走到客厅口，顿时羞得无地自容，站在那里呆立了许久。您以前什么都不知道——抱歉！——虽然我也什么都不懂，但我自认至少还有自己的浅见薄识，可是您，或者干脆缄口不语，或者是人云亦云、鹦鹉学舌。尽管如此，您还是获得了成功，真叫人不可思议。

去年二科公募作品展，您的参展画作获得报社颁发的奖，那家报纸还用了一连串最高级的词语对您赞誉有加，我实在觉得难为情，简直说不出口：孤高、清贫、思索、祈祝、夏凡纳[23]……以及各种各样的赞美之词。

23　夏凡纳（(Pierre Puvis de Chavannes, 1824—1898)：法国十九世纪后期的壁画家，曾师从于德拉克罗瓦等，后吸收了意大利威尼斯画派的色彩表现技法，其作品风格多采用象征手法，以表达对生活的寓意，代表作品有《贫穷的渔夫》等。

后来您与客人谈论到报纸报道的时候，您竟然也大言不惭地说："相对来说这还是比较贴切的。"您这是在说什么啊？我们并不清贫，请您看看家里的储蓄存折吧。自从搬来这所房子后，您就好像完全变了个人，变得动不动就将钱挂在嘴边，如果有客人来求画，您总是毫不害臊地和客人谈价格。您对客人说，先把价格讲清楚，过后就不会有争执，这样对大家都好。我无意中听到这话，总觉得很不舒服。为什么要那么在乎钱呢？只要能画出好的作品来，我想日子总归有办法过下去。有一份好的生计，然后不争不张、清贫、谦恭谨持地过自己的日子，没有比这种日子更快乐的了。对于金钱我一点都不在乎，我只想怀着无比的自尊，平平淡淡地过日子。您甚至还开始检查我的钱包，只要挣了钱，您就会将钱装入您的大钱包，同时分一些放在我的小钱包里，您的钱包里有五张大大的纸币，而我的钱包里仅仅放了一张纸币，是折了四折放进去的，剩余的钱都存入邮局或银行，我总是站在一旁看着您这么做。有一次，我忘记将放有储蓄存折的书桌抽屉上锁，您发现后，极为不满地训斥我说"怎么可以这样"，让我非常难过。

您去画廊收钱时，通常第三天左右才会回来，就是这样，您也总是喝得醉醺醺的，半夜三更"哗啦哗啦"打开玄关门，一进门就嚷嚷道："喂！我还留了三百日元呐！快来数数看！"这种话真让人伤心。那是您的钱，您花多少不都应当心安理得的吗？偶尔您心情好的时候，会恨不得放开了使劲花钱，这我能理解，您大概以为如果全部花完的话我可能会很失望吧。我当然知道有钱的好处，但我从来没有成天只想着钱过日子。花剩下三百日元，然后洋洋得意回家时您的那种小心思，只能让我感到非常失望。我对金钱毫无欲望，我什么都不想买、什么都不想吃、什么也都不想看，家里的家具我大多是废物利用对付着用，和服也是旧了重新染一下、修补一下继续穿，一件新的也没有买过。不管怎么样，我都能克服，把日子过好。连一个毛巾架也不想买新的，我觉得那是浪费。您有时候会带我到市中心，享用昂贵的中华料理，可我并不觉得有多么美味。不知道为什么，我就是无法心安理得，我总是怀着虚怯怯的心情，觉得太可惜、太浪费了。比起三百日元、中华料理，您不知道给家里的院子搭一个丝瓜棚能让我多么高兴啊！那间八席屋子外的檐廊，西晒那么厉害，假如能搭一个丝瓜棚，想必最理想了。可我那样请求您，您回复我说："就找个花匠来弄吧！"却不肯自己动手。找花匠来弄，摆那种有钱人的架子，我可不愿意，我只希望您自己动手弄一弄，您老是敷衍我："好，好，明年弄。"但直到今天，您还是没有动手去做。您对自己的事情肯花许多不必要的钱，对别人的事却总是装作什么都不知道。有一次，您朋友雨宫因为太太生病手头发紧，来找您商量借钱。您煞有介事地把我叫到客厅，一本正经地问我："家里现在有钱吗？"我听了只觉得又可笑又无聊，一时不知如何回答才好。见我胀红着脸、支支吾吾的，您讥讽地指责我说："不要把钱藏起来嘛，到处找找看，应该有个二十日元吧？"我当时感到非常震惊，二十日元？！我再次看了看您的表情，您用手拂开我的视线，说道："好啦好啦，拿出来给我吧，别小里小气的。"随后您笑着对雨宫说："这种时候，大家手头都不宽裕，日子不好过呀！"我登时呆在那里，不想说任何话。您根本就不清贫。至于什么忧郁，如今的您哪里还有些许那凄美的影子？恰恰相反，您是个任性的乐天派，您不是每天早晨都会在洗脸台前大声唱流行小曲的吗？让我觉得在附近邻居面前实在难为情。

什么孤高！您没意识到自己只是活在周围人的奉

承之中吗？被前来家里的客人们尊称为老师，您单方面地将这个那个的作品逐一贬斥一番，说得好像没有人配得上与您志同道合似的，可假如真的是您认为的那样，根本就无需靠一个劲地中伤别人来博得客人的认可啊。您只是想听到客人们当着您的面啧啧连声而已。这哪里是什么孤高？即便不能让每一个客人对您表示钦慕，又有什么大不了的呢？您爱说谎，表里不一。去年您退出二科会，结成一个叫什么新浪漫派的团体的时候，我是多么为您感到难过啊，因为您邀集来组成这个团体的，都是被您背地里嘲笑、讥为傻瓜的人。您还完全没有主见。这个世上，难道只有像您这样的生存方式才算正确的？葛西来家的时候，你们两人一同说雨宫的坏话，又是愤慨、又是嘲笑，而当雨宫来的时候，您却对雨宫非常亲切，充满感激地说什么"你才是我唯一的朋友"，令人无法想象您竟然说起谎来如此坦然，接下来又开始数落起葛西来。世上的成功者，难道都像您一样干着这样的勾当？虽然这样，您却一路顺顺当当地走了过来，这让我感到一种莫名的恐惧，同时也觉得不可思议。一定会有恶报的。恶报来就来吧，我甚至在内心一隅暗暗祈祷，希望这样的恶报到来，既是为您好，也是为了证明神的存在。然而什么也没有发生，一次也没有发生，您依旧好运连连。您结成的团体举办的第一届展览获得了极高的评价，参观者私下评价说，您的那幅菊花图很好地诠释了心若芷兰的深远意境，散发着浓郁的高洁爱情的芬芳。为什么会这样？我实在想不通。

今年正月的时候，您第一次带上我，去一直以来最热心支持您创作的著名的冈井先生家拜年，先生尽管已是那么知名的大家，住的房子却比我们家还狭小，我认为这才是正常的。先生胖乎乎的，给人一种稳如磐石的感觉，他盘腿而坐，透过镜片仔细打量我，那双深邃的大眼睛，是真正孤高的人才有的眼睛。我就像在父亲公司冷冰冰的会客室里第一次看到您的画一样，身体忍不住微微打着寒战。先生毫不拘迂地说着话，都是些极其浅显的道理。他看着我开玩笑道："喂，你太太真不错，感觉像是在武士家长大的呢。"您一本正经非常自豪地说道："哦，她的母亲是个士族[24]。"我听了直冒冷汗，我母亲哪是什么士族！我的父亲、母亲都是地地道道的平民。下次再有人夸赞我的话，您大概还会骗人说我的

24　士族：日本明治以后对武士出身者的族称，1947 年被废除。

母亲是华族[25]吧？太可怕了。以先生这样的阅历竟然都没有识破您的假迷三道，真是难以想象。难道世上的人都是这样的？先生对您十分关怀体贴，还说您这阵子工作辛苦了，我眼前却浮现出您每天早上大声哼唱流行小曲的姿影，不知道为什么，我觉得太可笑了，差一点没忍住捧腹大笑起来。从先生家出来，走了还不到一百米，您就踢着路上的石子骂道："喊！就会甜言蜜语讨女人的好！"我大吃一惊。您真是太卑鄙了，明明刚才还在先生面前点头哈腰的，这会儿却又这样说先生的坏话，简直就是个疯子！

从那时候开始，我就想要离开您了。因为，我再也无法忍受下去了。您绝对错了。我曾想，假如有一场灾难降临您的头上才好呢，可是一件倒霉事都没有发生过。您似乎早已将但马先生过去对您的恩惠统统忘之脑后了，竟然对朋友说："但马那个傻瓜老往我这边跑。"不知什么时候但马先生知道了，于是每次来的时候都笑呵呵地自嘲道："但马这傻瓜又来了！"一边说着一边

25　华族：日本明治以后授予以往的公、侯、伯、子、男五爵的族称，后将"对国家有重要贡献者"也列入华族，成为享有特权的一种社会身份。1947年被废除。

若无其事地从厨房门走进来。对于你们之间究竟发生了什么事情,我一点也不清楚。人的尊严,到底被抛到哪里去了?我一定要离开您。我甚至觉得,您和您的朋友们串通一气都在嘲弄我。

前几天,您在广播节目中作了一次演讲,大谈新浪漫派的时代意义什么的。我正坐在客厅看晚报,忽然听到提到了您的名字,接着就听到了您的声音。我感觉那是别人的声音,多么污浊、肮脏啊,简直让我厌嫌不止。对于您,我可以远远地冷静地给您下一个评判,您只是一个普通人,今后应该还会顺利、迅捷地成就更大的功名,但您一文不值!当听到您说"我今天所拥有的……"我马上关掉了收音机。您究竟以为自己是什么了?您应该感到羞耻!请不要再说"我今天所拥有的"这种可怕而愚蠢的话了。啊!您赶快狠狠地跌一跤才好呢。

那天晚上,我早早就睡下了。关掉电灯,我一个人仰面朝天躺下,听到我背脊的下方有只蟋蟀在声嘶力竭地鸣叫。它在地板下面鸣叫,但刚好位于我背脊的正下方,感觉就像有只小蟋蟀钻进我脊椎里吱吱地鸣叫着。这低低的、幽幽的声音我一辈子都不会忘记,我情愿它

就这样钻在我脊椎里一直活下去。我想，在这个世上，
您应该是对的，是我错了。但是，我到底哪里、犯了什
么错呢？我无论如何都想不明白。

皮肤与心

　　我在左侧乳房下方，发现冒出来一粒赤豆般大小的疹子。再仔细一瞧，那粒疹子的四周还有一大片小疹子，仿佛喷雾喷上去似的散布开来。不过，当时既不痒也没有其他任何感觉。真讨厌！于是我坐在澡堂浴池边，用毛巾使劲地不停擦拭乳下，几乎都要蹭掉一层皮，但是一点也不管用。回到家，我坐到梳妆台前解开衣服，露出整个胸脯，看到镜子里的情形，不禁吓了一跳：从公共澡堂到我家，走路五分钟都不到，就在这短短的时间里，疹子从乳下扩散到了腹部，足足有两个手掌那样大一片，颜色鲜红，就好像是熟透的草莓一样。我仿佛看到一幅地狱里的场景，顿时感觉天昏地暗。那一刻，我不再是之前的我了，完全丧失了意识，所谓"魂不附

120

体"大概指的就是这种状态吧。我失神地呆坐了很久。暗灰色的雷暴云翻滚涌动着将我围住，将我与这个世界疏离开，阴暗窒闷的地狱时刻从那一刻开始了，除了极其微弱的声音，世间的一切动静我都充耳不闻。我许久凝视着镜中裸露的身体，其间，这儿、那儿，到处都冒出了红色的小疹子，仿佛雨滴渐次落下洇开来似的，脖颈处、胸口、腹部、甚至好像夹绕到了背部，于是我用两面镜子对起来照着背部一看，天啊！雪白的背部长满了疹子，宛如红色的霰粒布满整个斜面，我不由自主地捂住了脸。

"身上冒出来这玩意儿……"我让他看。那是六月初的事。他穿着短袖衬衫、短裤，一副一天的工作通通干完了的样子，漫不经心地坐在桌子前吸着烟。他站起来，朝我上上下下打量着，皱起眉头仔细看了看，一边用手在各处触摸一边问："痒不痒？""不痒，一点都不痒。"我回答。他歪着头想了想，让我站到夕阳照着的檐廊上，并且让光着上身的我来回转身，好让他仔细察看。他对我的身子总是非常留意，细心得不得了，虽然话不多，却是真心实意地关心我。我非常了解他，所以即使这样站在明晃晃的檐廊上，叫人害羞地光着上身一会儿朝西，一会儿朝东，样子狼狈地转了好几圈，但我心里却是十分平静、镇定，就像在向神祇祈祷一样，非常安心。我微微合上眼站在那里，真希望就这样一直不要睁开眼睛，直到死去。

"莫名其妙呢，如果是荨麻疹的话，应该是感觉痒啊。不会是麻疹吧？"

我苦笑着整理好和服说道："大概是米糠包引起的发炎吧，因为每次上澡堂，我都会用力地搓洗胸前跟脖颈这儿。"[26]

"也许是吧……嗯，大概是这么回事吧。"于是，他跑去药房买来一管白色的黏稠的药膏，一声不吭地用手指使劲涂抹在我身上，仿佛要把药膏挤进皮肤里去似的。倏地一下子，身体感觉一阵清凉，我的心情也轻松了不少。

"应该不会传染吧？"

"别瞎想啦！"

话虽这样说，但他低落的情绪——毫无疑问，这情绪只会让我同样变得情绪低落——他的情绪透过他的指

26　日本人喜用米糠包（装有米糠的布袋）搓澡、洗脸等，认为这样做有美容的功效。

尖，在我悲观消沉的心田艰难地发出呼喊：快点好起来吧。他从心底里祈盼我能赶快康复。

　　一直以来他都小心翼翼地闭口不谈及我丑陋的容貌，我脸上种种古里古怪的缺点，即便是开玩笑他也不曾提起过，他从来没有对我的长相加以取笑，相反总是像万里晴空那样，神态清朗、一本正经地说道："我觉得你脸长得很美啊，我喜欢。"他有时会冷不丁地说出这样的话来，让我一下子慌了神，不知道如何是好。

　　我们是今年三月才结的婚。结婚这个词对我来说有点矫夸了，我实在无法兴奋不已而且毫不害羞地说出口，因为我们的结合很脆弱、贫困、让人挺不好意思的。主要是我已经二十八岁，像我这样一个丑八怪本来与结婚是无缘的了，在二十四五岁之前曾经有过两三次机会，但眼看要谈成却被拒绝、眼看要谈成却被拒绝……加上我家里又没什么钱，家里只有母亲、妹妹和我，全是女人，没什么收入来源，所以根本不指望能找到一份好的姻缘，那简直就是痴心妄想的白日梦。二十五岁时，我打定了主意，就算一辈子不结婚，我也要帮着母亲一起把妹妹拉扯大，这就是我今后活着的意义所在。妹妹和我差七岁，今年二十一岁，人长得漂亮，而且不再像小时候那么任性，是个性情温和的好女孩。等妹妹找到一位出色的上门女婿后，我就自食其力，开始自己的独立生活，在那之前，我就安心待在家里，家务活、对外打交道我全都接过来，好好守护这个家。一旦有了这样的心理准备，之前那些没头没脑的烦恼全都烟消云散，痛苦、索寞也远离我而去，我在操持家务之余，还刻苦学习裁缝，尝试着帮邻家的孩子缝制西式衣裳。

正当我开始找到自食其力之路的时候，有人给我介绍了他。来说媒的人与父亲生前素有交往，算是亡父的恩人，所以不便断然回绝。而且听媒人介绍，对方小学刚毕业那会儿，见他既没有双亲也没有兄弟，于是亡父的恩人收养了他，一直照顾他长大。当然对方也不可能有什么家产，年纪三十五岁，是个技艺不错的绘图师，每月收入有时超过二百日元，有时却颗粒无收，平均下来每月收入大约七八十日元。还有，对方不是初婚，曾经和一个喜欢的女人共同生活了六年，前年才因为某种原因而分手，其后他便因自己只读过小学、没有学历，又没有家产，年纪也大等原因，对于结婚不再抱任何奢望，只打算今生不娶，无牵无挂地做个单身男人过一辈子。见此亡父的恩人开导他：这样做会被世人看作不正常的，所以不妥，还是快点娶一个妻子像模像样地过日子，正好我也知道个人家，可以给你说合说合。于是他悄悄跑来我家向母亲和我提起这门亲事来。当时母亲和我面面相觑，觉得很为难。一句话，这是门一无是处的亲事。就算我嫁不出去，就算我丑，可我没做过任何错事，为什么一定要和那样的人结婚？我心里很是生气，随后又陷入极度的凄寂，虽然没办法，我只能拒绝，可是来说媒的是亡父的恩人、有过一段交情，母亲和我心想不能断然回绝，以免闹得不欢而散，就在心虚地磨蹭迟疑之时，我忽然替那个人感到可怜起来，他一定是个懂得温柔体贴的人，我自己不过是个女中毕业的学历，没什么文化，又不是什么有钱人，父亲去世，我们这个家风雨飘摇，再有，正如大家看到的，我是个丑八怪，年纪一把了，自身简直是毫无优点，说不定我和他正相配呢，反正我注定是个不幸的人，与其拒绝使得我们与亡父的恩人之间闹得不愉快，倒不如……我心里逐渐趋向于同意了，可毕竟羞于说出口，我感到自己的脸颊阵阵发热。母亲看着我一脸担心地问："你真的愿意嫁给他吗？"我什么都没与母亲商量，直截了当地向亡父的恩人给出了明确的答复。

结婚后，我很幸福。不不，应该说还算幸福的。也许这就叫果报吧，我受到了无微不至的照顾。他性格柔弱，加上之前被女人抛弃的缘故吧，总是一副小心翼翼、谨小慎微的样子，做什么事情都毫无自信，实在让人受不了。人长得又瘦又小，长相也很寒酸，干起活来却非常认真。我曾不经意地看过他绘制的图案，令我猛然意识到，好像似曾见过。真是奇巧的因缘际会啊。我试着问了他，得到确切的回答时，我仿佛此刻才真正爱上他似的，胸口"扑通扑通"直跳：原来银座那家著名化妆品商店的藤本月季图案的商标就是他设计的！不只是这个，那家化妆品商店销售的香水、肥皂、香粉等等的商标设计以及报纸广告，几乎都是他设计的。据说从十年前开始，他就成了那家商店类似专职的设计师，从别具一格的月季商标到招贴画、报纸广告，几乎全由他一个人承接绘制，如今那个月季图案的商标连外国人都认得了，即使不知道那家商店的名字，但那由月季花枝优雅地交叉而成的商标，无论是谁，只要看到一眼都会牢牢记住它的。我记得自己从读女中的时候起就已经知道那个月季商标，我莫名地就被那图案吸引了，女中毕业后，我用的化妆品全都是那家化妆品商店的商品，称得上是它的忠实拥趸，但关于那个月季商标的设计者我却从未去想过。我真是个马大哈，不过也不独我才这样，我想世上的人看到报纸上的漂亮广告，谁都不会去想它背后的设计者是个什么样的人吧。所谓设计者，就是个无名英雄呀。我也是嫁给他之后，过了好一阵子才意识到的。当我得知这个真相的时候，我兴奋得雀跃起来说道：

"我从读女中的时候起就喜欢上这个图案了，原来是您设计的啊！太高兴了！我真幸福啊！说起来早在十年以前，就已经和您开始神交了，所以我嫁给您是冥冥中注定的呢。"

"别取笑我了，不就是绘图师的工作嘛。"他眨着眼睛，脸都红了，似乎从心底里感到难为情，随即无力地笑了笑，露出伤感的神情。

他总是自己看低自己。尽管我毫不在意，但他对于自己的学历以及再婚、长相寒酸等等非常在意，一直耿耿于怀。照他这样子，那像我这样的丑八怪又该如何才好呢？夫妇两人都缺少自信，局促不安，彼此的脸上都挂满了羞愧。

他有时会希望我对他撒娇，可我已经是二十八岁的

半老徐娘，长得又这么丑，加上看到他那副缺少自信的
自卑样子，不知不觉传染给了我，让我越发地感觉不自
然，所以无论如何都做不到天真可爱、撒娇卖俏，尽管
心里是爱他的，但每每总是报以一本正经、冷冷的回应。
他为此不高兴。我明白他的感受，于是恓惶无措，越发
地对他敬而远之了。他似乎也很清楚我缺乏自信，时不
时会突如其来却笨嘴笨舌地对我的容貌或衣服的花色
夸赞几句，我知道他是编凑了来哄我的，所以一点都高
兴不起来，反而觉得心里五味杂陈，难过得想哭。

　　他是个好人。以前那个女人的事情，一丁点儿都没
有在我面前透露过，拜他所赐，我几乎已经彻底忘记那
件事了。我们现在的这个家，是我们结婚后新租的房子，
他之前一个人住在赤坂的公寓，想必是不想留下不愉快
的记忆，同时也是顾虑到我的感受，他将以前过日子的
家具统统清理卖掉了，只带着工作用的道具搬到筑地的
这个新家，然后，我用母亲给我的少许钱，一点点买齐
了两人居家过日子的家具什物，被褥、衣柜则是我从位
于本乡的娘家带来的，家里一点也看不到之前那个女人
的影子，现在我几乎都不相信他曾经和我以外的女人一
同生活过六年。说真的，即使他不这么自卑，对我凶巴

巴的、恶声恶语的、欺负我，我想我还是会发乎真诚地
又唱又笑，不管怎样照样向他撒娇，家里的气氛也一定
可以变得更加轻松活跃，可令人讨厌的是我们两个人都
自惭形秽，弄得气氛生疏、不太自然，我当然不消说了，
可搞不懂为什么他也会如此自卑呢。

　　虽说他只有小学毕业，但如果以学识来说，和大学
毕业的学士比也毫不逊色。他非但收藏有许多高雅的唱
片，还趁工作之余热心地阅读外国新兴小说家的作品，
好多作家的名字我听都没听过，再说，他还设计出了那
个世界闻名的月季图案。尽管他有时会自嘲贫穷，但实
际上他近来接了很多活儿，一下子有一百日元、二百日
元的大笔入账，就在之前他还带我去了趟伊豆温泉呢。
不过他至今仍然对家里的被褥、衣柜以及其他家具什物
统统是我母亲买给我们的耿耿于怀。他这个样子，反倒
令我觉得愧疚，好像自己做了什么坏事，都是些便宜货，
至于这样介怀吗？我感到孤栖，真想哭一场，有时候夜
晚我脑子里会闪出非常可怕的念头：看来出于同情、怜
悯而结婚是个错误，也许我真该独自一人过完下半辈子
吧，甚至有种可恶的不贞的念头在蠢蠢欲动，我应该找
一个比他更好的人。我真是个坏女人。

婚后方能体验到的青春之美好，就这样在灰暗中慢慢消逝，我感到懊丧，这懊丧仿佛痛噬舌头一般的强烈，以致我和他两人静静地吃着晚饭时仍难抑悲伤，哭丧着脸，手举着筷子和饭碗愣在那里，恨不能马上找个什么方法来弥补这懊丧。都怪我太贪心了，人长成这样丑竟然还侈谈什么青春，岂有此理，只配成为别人口中的笑柄。我应当明白，我能享有现在的这份幸福，已经是我所不堪承受的了，而我竟不知不觉中变得随性任情起来，所以现在身上才会冒出这样可怕的疹子。大概是涂了药膏的关系，疹子总算没有继续再扩散，我暗自向神明祈祷，说不定明天就会痊愈呢。这天晚上，我早早地便歇下了。

　　我躺在床上陷入沉思，渐渐地竟胡思乱想起来。不管生什么病，我都不怎么害怕，唯独对于皮肤病我是彻底没辙的。即使生活再怎么辛苦、日子再怎么贫困都没关系，但我就是不想得皮肤病，就算缺一条腿、断一只胳膊，比起患皮肤病来也不知要好上多少倍呢。在女子学校读书时，生理课上曾讲过各种导致皮肤病的病原菌，我当时便感觉全身发痒，很想将课本上印有细菌、病原微生物照片的那几页狠狠地撕个粉碎。老师似乎神经迟钝、令人讨厌，哦不，其实老师也不是毫无感觉地讲课，他只是因为职业的关系必须拼命强忍着，装作一副无动于衷的样子讲给学生听。可当我想到这一点，便越发觉得老师厚颜无耻、卑鄙至极，我感觉自己气得坐都坐不住。生理课结束后，我和好友们讨论，疼痛、窒息、瘙痒，这三者中哪个最不堪忍受？这个话题一抛出来，我毫不犹豫地认为瘙痒最可怕。难道不是吗？对于疼痛和窒息，人总有知觉的极限，被抽打、被刺扎或者被捂住口鼻，当其引起的苦痛达到极限时，人一定会失去意识，意识一旦失去，便进入梦幻的境地，归天赴黄泉了，也就可以从痛苦中彻底解脱，人死了，一切都无所谓了。但是，瘙痒却像那潮水一样，忽涨、忽退、忽涨、忽退，又像蛇一样慢慢蠕动着、骚动着，无休无止，但那种痛苦决不会将你推至万事休焉的极限，所以你不会失去意识，当然更不会死去，只能永远在一种慢慢吞吞、不利不落的痛苦中挣扎。所以说，没有比瘙痒更难忍受的痛苦了。假如放在过去，我被法庭拷问，面对被抽打、被刺扎或者不让我呼吸的威胁，这些都不会令我认罪，因为这些会使我昏厥，重复两三次之后我大概就死了，我怎么可能认罪呢，我豁出性命去也不会说出同志的下落，我一定会守口如瓶。但如果对方拿来一竹筒的跳蚤、虱子或疥虫，威胁说："把这些东西放在你后背上！"我一定会吓得毛骨悚然、浑身打颤，将烈女气节彻底踩在脚下，双手作揖，不住地哀求："我说我说！求您饶了我吧！"光是想象一下那情形，就会让人恶心得想跳起来。课间休息的时候我对好友们如此这番地一说，当即博得了所有人的共鸣。

有一次，老师带领全班学生去上野的科学博物馆参观，在三楼标本室，我突然"哇！"地发出一声惨叫，同时吓得号啕大哭起来。原来是展框内摆满了各种皮下寄生虫的标本模型，做得足足有螃蟹那么大。我当时心里真想狠狠地骂声"混蛋！"然后挥舞一根棍棒将它们砸个粉碎。接下来整整三天，我辗转难眠，总感觉身上奇痒，吃饭也毫无食欲。我这个人连菊花都讨厌，一丛丛小花聚成一堆簇动的样子，像个什么似的。看到树干凹凸不平的样子，也会突然一阵战栗、浑身发痒。看到别人若无其事地吞咽下鱼子之类，我实在无法理解他们心里是什么感受。牡蛎壳、南瓜皮、碎石子铺的小路、被虫啃过的叶子、鸡冠、芝麻、扎染布、章鱼的触须、茶叶渣、虾、蜂巢、草莓、蚂蚁、莲蓬、苍蝇、鱼鳞……

这些我全都讨厌。我还讨厌日文汉字上面的注音假名，那咪咪小的注音假名看起来就像虱子，还有茱萸果、桑葚，我也全都讨厌，有时候看到放大的月亮照片，我也觉得恶心，就是平常的刺绣，有些图案也会令我难以忍受。由于极度厌恶皮肤病，我很自然地在这方面也格外小心，迄今为止还从未发过疹子之类的东西。结婚后，我每天都会到澡堂用米糠包使劲搓洗身体，一定是搓得过了头，才发出这样的疹子，真让人懊丧、自惭形秽。我到底做过什么恶事？神明对我也太过分了，故意让我得了我最讨厌最讨厌的毛病，又不是没有其他毛病了，好像百步之外偏偏射中一颗红心似的，从而让我掉进我最害怕的洞穴，这实在令我感到不可思议。

第二天早晨，天才蒙蒙亮我便起床了，悄悄照了照镜子，啊啊，我发出了痛苦的呻吟——镜中的我成了怪物，那不是我！只见脖颈、胸口、腹部……到处都冒出了黄豆粒般大小、奇丑无比的疹子，整个身子就像只烂掉的番茄一样，又像全身生出了角、或是长出香菇似的，浑身没有一处好的地方，那副丑陋的模样简直让人忍不住发笑。并且，疹子已经渐渐蔓延到了两条腿上。鬼！恶魔！我不是个人！让我就这样去死吧！然而我不敢哭。身体变得这样丑恶怪异，再抽抽搭搭地一哭，非但一点都不可爱，还越发像只熟透了开始溃烂的柿子，只会令人感觉滑稽，那就惨不忍睹、无可救药啦。所以我不能哭。我要躲起来，他还不知道，我不能让他看见，原本就长得像个丑八怪，现在又变得这样腐皮烂肉的，我浑身上下已经一无是处了。废物！垃圾！变成了这个样子，即使是他也说不出什么话来安慰我了吧。安慰？我才不要人安慰，假如他仍旧疼爱这样一副龌龊的皮囊的话，我绝对会蔑视他。够了，我准备就此从他身边走开，不能让他再疼爱我，不能让他看到我这样子，也不想让他陪在我身边。唉唉，真希望拥有一个更宽敞的家，我这辈子就躲在远离他的屋子里终此一生。不结婚该多好啊。假如我活不到二十八岁就好了，十九岁那年的冬天我得了肺炎，要是那时候没有治愈就那样死去了多好啊，如果我那时候死了，现在就不会碰上这么痛苦、这么丢人现眼的惨事了。我紧闭双眼，一动也不动地坐着，只听见急促的呼吸声，渐渐地，我感觉自己的内心也变成了恶鬼一般，心外的世界鸦雀无声，我已经不再是昨天的我了。我像只野兽般地跳起来，穿上和服，此时我深切地体会到和服的优越，无论多么可怕的躯体，只要裹上和服就能将其很好地掩藏起来。

　　我打起精神，走到晾衣台上，凶煞煞地望着太阳，情不自禁重重地叹了口气。这时传来了广播体操的口令，我独自一人孤零零地做起体操来，"一！二！"我低声喊着节拍，努力装出一副精神抖擞的样子，忽然觉得自己实在可怜，差点哭出来，体操也做不下去了。这时候猛地注意到，大概是刚才身体扭动得太剧烈的缘故，脖颈和腋下的淋巴结隐隐作痛，轻轻一摸，发现全都肿着。察觉到情状不妙，我立时站立不稳，整个人发软，一屁股跌坐在地上。我知道自己长得丑陋，所以迄今为止一直谨小慎微、不敢抛头露面、隐忍避世地活着，为什么还要如此捉弄我？！我不由得怒火中烧，这股巨大的怒火却不知道向谁发泄。就在这时，身后传来他温柔的嘟哝：

　　"哎呀，原来你躲在这儿啊。怎么样，有没有好一点？"

　　我本想回答好一点了，却鬼使神差地将他搭在我肩上的右手轻轻拂开，站起身说道："我回屋去了。"

　　话从口出，我自己都被自己搞糊涂了，我在做什么？我说了什么？这不负责任的话，顿时令自己和整个宇宙都变得不可信任了。

"让我看一看。"他似乎有些不知所措，声音含糊，听起来好像隔着很远。

"不要！"我向后退了一步，"这地方疙疙瘩瘩地冒出来一大片。"我两手按着腋下说。随后我垂下手，忍不住哭了起来，口中还发出"呜呜"的抽噎声。丑拙无比的二十八岁丑八怪，即使撒娇哭泣，也无半点怜悯之处，我明知道自己丑态毕现，可眼泪就是不停地滚落下来，甚至口水也淌了出来。我简直一无是处了。

"好了，别哭了，我带你去看医生！"他的声音里有一种我从未听到过的强有力的果断。

那天，他停下手头的工作，查阅了报纸的广告，决定带我去一位有名的皮肤专科医生那里去就诊，那医生的名字之前我也听到过一两次。我一边换上外出的和服一边问：

"不会全身上上下下都得让医生看吧？"

"就是要看的啊！"他优雅地微微笑着答道，"你不要把医生当作男人就是了。"

我脸红了，但心中却隐隐感到高兴。

来到外面，阳光灿烂，我觉得自己就像一条丑陋的毛毛虫。在我的病痊愈之前，真希望这世界一直都被裹在漆黑的深夜中。

"我不想搭电车！"结婚以来我头一次这么奢侈这么任性。疹子已经扩散到手背，我曾在电车上看到过有个女人的手就是这样可怕，自那以后我便觉得乘坐电车手抓吊环都是不洁的，老是担心会被传染。但现在，我的手和那个女人的情形一模一样，我从未像现在这样对"倒霉"这个俗语有着如此切身的体会。

"我知道！"他和颜悦色地答道，让我坐上了轿车。

从筑地到位于日本桥高岛屋后面的医院只有一点点路程，但在这段时间里，我却有一种坐在殡仪车上的感觉，只有眼睛还活着，茫然地眺望着街道上初夏的景物，走在路上的男男女女，没有一个人像我一样身上发疹子，这让我百思不得其解。

到了医院，我跟着他走进候诊室，这儿是一副与外面的世界截然不同的情形，我突然想起很久以前在筑地小剧场中观看过的那出话剧《底层》[27]的舞台景。外面绿意葱葱，阳光明绚，但这儿不知为什么，尽管有阳光

27　底层：原为俄国高尔基创作于 1902 年的剧本，描写小客栈里的底层百姓的人生百态。

射入但仍十分昏暗，空气阴湿，一股酸液的气味扑鼻
而来。候诊室里挤满了盲人，一个个全都垂头丧气的，
即使不是盲人，感觉也像是残疾人，而且有很多老头老
太，这让我很诧异。我在靠近门口的长椅的最边上坐下，
有气无力地闭上眼睛。蓦地我意识到，在这众多病患中，
或许我得的皮肤病最严重，我惊惶地睁开眼，抬起头偷
偷观察一了下所有的病人，果不其然，像我这样身上发
疹子的病人一个也没有。我又看了看医院玄关悬挂的招
牌方才恍悟，这是一家专治皮肤病和另一种难以启齿的
脏病的医院。接着我看见坐在对面一个年轻英俊的男
人，看上去像是电影演员，身上完全没有发疹子的迹象，
应该不是来看皮肤科，而是看另一种病的吧。想到这里，
我顿时觉得这候诊室里所有垂头丧气候诊的病人，得的
全都是那种病，他们死后魂灵将得不到超度。

"您要不要去散一会儿步？这里边空气很差。"

"看情形，还要等好久哪。"他百无聊赖地站在身
旁陪着我。

"是呀，轮到我大概差不多得中午了。这里边脏，
您就不要在这儿等着啦。"我的话音十分严肃，连自己
听了心里都"咯噔"一下。他听了没有反对，缓缓点了

点头问了句："你不一起出去吗？"

"不，我不去了，"我微笑着说，"我还是待在这儿最舒服。"

将他轰出候诊室后，我略略安下心来，无力地坐在长椅上，眼睛发酸，于是又闭上了眼睛。在旁人看来，我一定是个矫揉造作、沉浸在愚蠢的冥想中的老妇人吧。但是对我而言，这样最轻松。装死。我想到了这个词，觉得十分好笑。不过渐渐地，我开始担心起来。每个人都有秘密——感觉有人在耳边对我小声嘬嘬这讨厌的话，我心里扑腾腾地乱撞起来——莫非，这疹子也……霎时间我全身汗毛竖立，他之所以温柔体贴、之所以缺少自信，不会是因为这个原因吧？天哪！这时候我才第一次——说来可笑——我才第一次真真切切地感受到，对他来说，我并不是第一个女人。我顿时站立不安。我上当受骗了！结婚欺诈！突然间我想到这个恶毒的字眼，恨不得追出去将他揍一顿。我真是个傻瓜。从一开始我就知道这事但我还是嫁给了他，事到如今才突然意识到他不是初婚，恼恨、懊丧，感觉难以接受，可是已经不可挽回了。随之而来的，是他之前那个女人的影子突然重重地涌上我的胸口，我第一次感到那个女人竟是那样的可怕、可憎，而之前我从来没有将那女人的事情放在心上。我怎么会这样无知无觉、无动于衷呢？我后悔得几乎涕泗横流。太令人痛苦了！这就是所谓的嫉妒吧？如果真是这样，那嫉妒这东西简直是无可救药的疯狂，并且是一种生理性的疯狂，丑陋至极，毫无美感可言。这世界上果真存在我所不知道的、面目可憎的地狱！现在，连活下去都开始让我感到讨厌了。

我觉得自己很可怜。我慌乱地解开膝上的包袱，取出小说书，胡乱翻开读了起来。《包法利夫人》中爱玛不幸的一生一直给我以慰藉。爱玛的沉沦在我看来，是一个女人最自然的生存方式，好像水往低处流一样，女人能敏锐地感觉到身体的堕落。女人就是这样的生物，有着不可告人的秘密，因为那是女人与生俱来的本能。有一点是显而易见的，每个女人都会遭遇一个又一个的陷阱，因为对女人而言，每一天就是她的全部，这与男人完全不同，她不会考虑死后的事，想也不愿意想，她只祈祷能够达成每时每刻的美丽。女人溺爱生活以及生活带给她的感触，女人喜爱茶碗、喜爱图案漂亮的和服，因为这就是她们实实在在的生存价值，每一刻的行为本身，就是女人的生存目的，其他的，夫复何求？假如高高在上的现实主义，不再遏制女人的这种不可理喻和优游态度、不再对其横加指责，女人的身体不知会感觉多么幸福啊。然而，谁都不愿去触及女人这个深不可测的"恶魔"，大家都装作没看到，于是便导致了许多悲剧的发生。也许，只有崇高的现实才能真正拯救我们。女人心，说老实话，女人在结婚第二天就可以满不在乎地去想别的男人了。人心惟危啊！我一下子想起"男女七岁不同席"这句古谚，它以它那可怕的真实感撞击着我的心。所谓日本的传统伦理竟如此写实，几乎诉诸着暴力，令我震惊得几近晕眩，原来大家都知道，远自古昔，陷阱就已明明白白存在了。这么一想之后，心里倒反而爽适了，心闲气定，安下心来，即使全身满是这样丑陋不堪的红疹子，我仍是个颇具姿色的妇人呢——我变得从容起来，甚至带着怜悯之心自嘲起自己来。

我继续翻看着书。

罗尔多夫继续悄悄贴近爱玛，同时语速飞快地喃喃说着甜言蜜语。——我一边读一边想着完全不相干的事，情不自禁笑出来。假如爱玛此时身上发着疹子会是怎样的情形呢？我脑子里冒出个异想天开的怪念头。不，这个念头事关重大，我不由得认真起来。假如这样，爱玛一定会拒绝罗尔多夫的诱惑，这样，爱玛的一生就迥然不同了。一定是这样，她会坚决拒绝的，因为除此之外她别无选择。如此一来，就不成其为人间喜剧。女人的命运会被其时的发型、衣服的图案、困倦程度以及些许的身体状态等所无情左右，曾经还有一个保姆，因为瞌睡难挡，竟然将背上吵闹不停的孩子脖颈拧断将其杀死。尤其像这样的疹子，谁知道它会怎样亵渎浪漫、扭转一个女人的命运呢？假设在婚礼的前一晚，新娘出乎意料地发出这样的疹子，且以惊人的速度很快蔓延至胸前、四肢，事情会怎么样？我想这种事完全是有可能发生的。疹子这东西，真的是你平常再小心谨慎也防范不了的，总感觉它只是唯天意是从的产物，它让你领略到是上天的恶意。激动万分、欢喜雀跃地来到横滨码头迎接一别五年今日始得回的丈夫归来，却眼睁睁看着最要命的脸上竟然长出一个紫色疖子，一番鼓捣之后，兴奋不已的年轻夫人已经变为一块奇丑无比、不忍再看的岩石。这种悲剧也不是不可能发生。男人可能对疹子不以为意，但女人却是靠肌肤赖以生存的，如果哪个女人否认这一点，她一定是虚伪的骗子。福楼拜我不太了解，但他似乎是个精雕细琢的写实主义者，当查理想亲吻爱玛的肩膀时，爱玛说了这样一句话拒绝他："不要！会把衣服弄皱的……"既然拥有如此洞察幽微的法眼，为什么没有描写皮肤上的疾病带给女人的痛苦呢？大概因为这种痛苦是男人根本无法体会的缘故？又或者，像福楼拜这样的高人早已洞察入微，但因为它实在污秽不堪，缺少浪漫气息，所以假装视而不见，有意回避的吧？不过有意回避这种做法，未免太狡猾了。太狡猾了！结婚前一晚，或是与五年不见朝思暮想的爱人重逢之际，想不到身上却冒出奇丑无比的疹子，假如是我，死的心都有了，离家出走，自甘堕落，自杀。女人只为每一个瞬间的美丽和由此带来的幸福感而活，管它明天会变成什么样……

候诊室的门被轻轻推开，他那张松鼠似的小脸钻了进来，用眼神向我询问道："还没到？"

我动作粗俗地朝他招了招手。

"喂！"听到自己尖锐而粗俗的声音，我赶紧缩起肩膀，随即尽量压低声音说道，"嗳，当一个女人觉得明天无论怎么样都无所谓了的时候，您不觉得正是她最有女人味的时候吗？"

"你在说什么？"看到他张皇失措的样子，我笑了。

"是我没说清楚，所以您不明白，好了不说了。我只是在这儿坐了一会儿，感觉好像整个人都变得怪怪的，看来我不适合待在这种环境里，我的自控力很差，很容易受周围环境的影响、不知不觉地融入其中。您看我都变粗俗了！我的心一个劲地在堕落，越来越低贱，简直就像……"话说到一半，我突然噤口不说了。我想说娼妇。这是女人永远无法说出口的字眼，同时，女人也必定都会想到这个字眼并为之烦恼，当自尊彻底丧失的时候，女人一定会想到它。我因为浑身冒出这样的疹子，从外表直至内心已然变成了恶鬼，总算懵懵懂懂地对真相有了些认识，在此之前我一直自嘲丑八怪、丑八怪的，以此来装作我对一切都毫无自信，但实际上我还拥有一张女人的皮肤，唯有这张皮肤，是我始终暗中小心呵护和珍爱着的，它是我唯一的骄傲。当我明白这一点后，才知道我一直引以为傲的谦逊、俭恭、隐忍，都是靠不住的空伪说教，其实我就像个盲人一样，是仅凭知觉、感触的喜和忧而生存的可怜女人，而知觉和感触无论多么敏锐，终究只是动物的本能，与睿智沾不上一丁点儿的关系。我终于清楚地知道，自己就是个彻彻底底、愚昧无知的白痴！

我一直错到现在。难道之前我没有将自身敏感的知觉视为高尚，误以为它即代表了头脑聪颖，为此背地里自爱自怜过吗？说到底，我不过是个愚蠢的笨女人。

　　"我想了很多，我是个傻瓜，我彻底疯了呢。"

　　"很正常啊，我明白的。"他脸上露出智慧的微笑接口说道，似乎确实明白了。"哟，轮到我们了！"

　　护士叫到我的号，我们跟着她进入诊疗室。我解开腰带，然后横一横心脱掉内衣露出上半身，这时我扫了一眼自己的乳房，天啊，我看到了一对石榴！比起坐在面前的医生，被站在医生身后的护士看个真切，更加让我感觉不是滋味。医生给我的印象似乎没有常人的那种感觉，我连他的长相都没怎么看清楚，医生也没有把我视作人，只管到处摸呀按呀的。

　　"是食物过敏，可能是吃了什么变质的东西。"医生用平静的声音说。

　　"会痊愈的吧？"他在一旁替我问道。

　　"会痊愈的。"

　　我心不在焉地听着，好像自己身在隔壁屋子里一样。

　　"她动不动就一个人躲起来偷偷地哭，我看着实在是于心不安啊。"

"很快就会痊愈的。去打一针吧！"医生站起身来。

"就是过敏吗？"他不放心地问。

"是啊。"

打完针，我们离开医院。

"胳膊上的疹子已经退了！"我伸出双手，在阳光下翻来覆去地看着。

"这下开心了吧？"被他这么一问，我突然觉得羞愧难当。

发妻

一

　　他像个灵魂离了窍的人，一点不出声地走出玄关。

　　吃过晚饭，我正在厨房收拾，倏地感觉到身后的气息，顿时就好像盘子从手上滑脱似的，感觉一阵失落，我不禁叹了口气，随即稍稍直起身子，透过厨房的格子窗向外望去，正看到他穿着洗得褪了色的白浴衣，腰里扎着根细细的腰带，沿着爬满南瓜蔓的篱笆墙边的小路行走，令人生怜的、凄凉的身影浮在夏夜的黑暗之中，飘飘幽幽，像极了一个幽灵，完全不似这个世上的活物。

　　"爸爸去哪里了？"

　　先前在院子里玩耍的七岁长女，在厨房门口的水桶里洗着脚，天真地问道。这孩子，跟她父亲比跟母亲还要亲，每晚上都要和父亲挤在六席的大房间里，被子挨着被子，睡在同一顶帐子里。

"去寺庙了。"我随口敷衍了她一句。谁知道话从口出之后，忽然生出一种始料未及的不祥的感觉，顿时全身感到不寒而栗。

"去寺庙？做什么呀？"

"这不是盂兰盆节吗？所以，爸爸他去寺庙拜佛去了。"谎话竟不可思议地溜溜说出口。但其实，那天是盂兰盆节前的十三日[28]。别家的女孩都穿着漂亮的和服走出家门，挥动着长袖高高兴兴地玩耍，而我家的孩子们，像样的衣服都在战争中给烧毁了，所以即使是盂兰盆节，也只能和平常一样穿着粗衣旧衫。

"是吗？那很快就会回来的吧？"

"嗯，谁知道会不会呢。假如雅子乖一点的话，也许很快会回来的。"

尽管嘴上这么说，但看他那样子，我知道他今晚又会在外面过夜。

28　日本的盂兰盆节一般为每年的农历七月十四日或十五日。

雅子走进厨房，然后跑进三席的小房间，在窗边坐下，失落地望着窗外。

"妈妈，雅子的豆子开花了。"听到她嘟嘟囔囔地说，我不由得心里发酸，眼眶里噙满了泪花。"是吗？是吗？啊，真的开花了！很快就会长出很多豆子来喔！"

玄关侧面有块十坪大小的菜地，以前我在那儿种了好些蔬菜，但自从有了第三个孩子之后，便再也无暇顾及了，加上他以前有时候还会帮我干些地里的活儿，可近来对家里的事是彻底不沾手了。邻居家的菜地在她先生的精心打理下，长出了各种各样的蔬菜，我家的却是杂草丛生，和她家的相比简直脸都没地方搁。雅子将一颗配给的豆子埋在土里，还经常给它浇水，没想到它竟然发了芽。对什么玩具都没有的雅子来说，这豆子便成了她唯一可以骄傲的财产，有时候上邻居家玩的时候，她也会毫无愧色地一个劲炫耀："我家的豆子、我家的豆子。"

多么落魄、多么寒苦的生活啊。不，眼下的日本，不止我们是这样，尤其是住在东京的人们，每个人看上去都是一副无精打采、失魂落魄的样子，麻木而苦苦地挣扎着。虽然我们所有的家什几乎全被烧毁，日常诸事显得十分不便，但比起这些来，眼下面临的最令我痛苦的事情，却是身为一个苟延一息于此乱世之人的妻子，成天忙于锅台琐事，这才是最痛苦的。

我丈夫在神田一家有名的杂志社工作了近十年。八年前我们通过普普通通的相亲而后结婚，也正是从那时候起，东京可供出租的房子越来越少，后来我们好不容易觅见这座位于中央线轨道旁边、属于郊区而且是矗在田里的孤零零的房子，直到战争爆发我们便一直住在这里。

丈夫身体虚弱，因而躲过了召集和征用[29]，得以每天一如寻常地在杂志社上下班。可是当战事变得激烈起来后，由于我们住的这个郊外小镇上有飞机制造工厂等设施，拜其所赐，空投的炸弹也接二连三地光顾到我们家附近来，终于在某个夜里，一枚炸弹落到了屋后的竹林里，厨房、厕所及三席的小房间都被震塌了，一家四口（当时除了雅子，长男义太郎也已经出生）实在无法

29　日本于明治六年（1873）颁布《征兵令》，规定每个国民都必须履行兵役义务，从而逐步建立起"国民皆兵"的天皇制军队体制。根据征兵令，军队士兵分为征集兵和志愿兵两大类，其中征集兵有召集、应召和征用三种情形，召集指的是被征兵后没有立即随军而在家待命、战事需要时被重新召集入伍的士兵，征用指的是强制动员入伍的士兵。

挤在被毁了一半的房子里继续生活，于是我带着两个孩子，疏散回到娘家青森市，丈夫则独自凑合着起居在半毁的六席大房间里，继续在他的杂志社上下班。

然而，当我们逃到青森市后还不到四个月，这次却轮到青森市遭受空袭了，娘家房子毁于大火，而我们辛辛苦苦带到青森市的行李则全被烧光了，除了身上穿的，我们一无所有，只得狼狈不堪地投靠青森市一个所幸没有遭到轰炸的朋友家暂住，那惨状简直就像梦见了地狱一般。承蒙朋友照顾了大约十天，日本无条件投降了，我因为实在放心不下身在东京的丈夫，便带了两个孩子，行色仓皇好像行乞似的又回到了东京。因为没有地方可搬，我们就请了工人将半毁的家简单修缮一下，一家四人重新恢复了之前亲密无间的生活。可生活刚稍稍安定下来，没想到丈夫又遭到了突如其来的打击。

由于杂志社遭受了空袭，加上公司股东之间在股金问题上发生矛盾，丈夫所在的出版社被解散，一夜之间他变成了失业者，好在丈夫在杂志社工作了多年，在这个圈子里也结交了很多知己，他便和其中几位颇有实力的人一起凑了些钱成立了一家新的出版社，已经出版了两三种书。然而，因为纸张采购等的失误，丈夫的出版事业出现大额亏损，还借了很多外债，为了处理债务，丈夫每天心事重重地出门，直到傍晚才疲惫不堪地回到家，他以前就不怎么爱说话，从那阵子起，他更是变得天天绷着脸一声不吭。后来总算将出版亏损填平了，但他也好像彻底没了精神气，不想做任何事。不过他没有一整天都窝在家里，而是喜欢呆呆地杵在檐廊上，一边抽着烟一边久久地眺望远处的地平线，似乎若有所思的样子。唉，又来了——而当我忍不住为他担心时，他又一筹莫展似的重重叹一口气，将吸了一半的烟头随手往院子里一丢，然后从桌子抽屉里取出钱包揣进怀里，便像个灵魂离窍的人似的，悄没声息地轻轻走出玄关，而晚上也大抵都不回家。

他曾是个好丈夫、善良体贴的丈夫。喝酒，顶多也就喝一合日本酒或一瓶啤酒的样子，烟倒抽得不少，但也控制在政府配给的香烟数量范围内，我们结婚快要十年了[30]，其间他从未对我动过手，或是口出秽言骂过我。只有一次家里有客人来访，雅子那时大概才三岁，她爬

---

30 原文如此。前文提到女主人公和她丈夫是"八年前通过相亲而后结的婚"，此处则说结婚将近十年，前后似有矛盾。

到客人身边，不小心将客人的茶给打翻了。丈夫叫我，但我正在厨房"啪哒啪哒"地给小炭炉扇着火，没听到他的叫声，所以毫无反应。当时丈夫脸色非常难看，抱着雅子到厨房来，将雅子往地上一放，接着用恶狠狠的眼神瞪着我，直愣愣地站立了好久，一声也不吭，然后倏地背过身去，朝房间走去。"唔！"他用力关上房门，发出很响的撞击声，仿佛一直撞到我的骨髓里，我不由得浑身一颤，第一次感受到男人发起怒来原来这样可怕。说真的，在我记忆中丈夫朝我发怒仅有这么一次，所以，虽然这场战争让我也像其他人一样遭受了种种苦难，但只要一想到丈夫的善良，我还是觉得，这八年来我过得很幸福。

（他变了。究竟，是从什么时候开始变成这样的呢？当我从疏散地青森返回来和四个月不见的丈夫重逢时，感觉丈夫的笑容总有些低三下四的，还老是要避开我的视线，看他那局促不安的样子，我当时还以为是因为他一个人生活极度的不便，因而倍觉落魄憔悴。难道，在那四个月里……？啊！不想了，什么都不愿去想了，想多了的话，只会让自己掉入痛苦的泥潭里去。）

明知丈夫不会回来，我还是将他的被褥和雅子的被褥并排铺在一起，然后吊起帐子，我一边吊着，一边忍不住苦恼、伤心。

二

第二天将近中午时分，我在玄关旁的井台上洗着今年春天刚刚出生的次女寿子的尿布，丈夫像个小偷似的一副不敢见人的神色，鬼鬼祟祟地走进来，看到我，一声不响地朝我点了点头，脚下却一个趔趄，跌跌撞撞地走进玄关。身为妻子，我也情不自禁地点头回应，心想：也真是难为丈夫了。满心的不忍，使得我尿布也没心情洗了，我站起身，跟在丈夫身后走进家门。

"很热吧？要不要把衣服脱了？今天早上，每家发了两瓶啤酒，是盂兰盆节的特别配给，我给冰着呢，您现在喝吗？"

丈夫局促不安、怯怯地笑了笑。

"这玩意儿感情好啊！"他声音有些嘶哑，"孩子他妈，咱们一人一瓶吧？"显而易见，他想拐着弯地哄我开心，尽管话术不怎么高明。

"好，我陪您喝。"

我已经去世的父亲是个酒豪，因此，我的酒量甚至比我丈夫还要好。刚结婚那阵子，两个人有时候散步溜达到新宿，走进关东杂煮之类小铺子，喝一点酒丈夫立马满脸通红，而我根本就没有任何感觉，只是不知什么原因觉得耳朵内有点嗡嗡作响而已。

　　在三席的房间里，孩子们吃着饭，丈夫光着膀子喝啤酒，肩上还披了条湿毛巾，我实在舍不得，所以只陪着喝了一杯便不再喝了，抱起小女儿寿子给她喂奶。表面看起来，这完全就是一幅全家幸福团聚的和谐画面，不过气氛还是有那么点尴尬，丈夫始终在回避着我的视线，我也小心谨慎地选择话题，不去触碰丈夫心里的痛处，所以，会话始终显得有些沉闷、寡淡无趣。长女雅子和长男义太郎似乎也敏感地察觉到了父母亲间的这种隔阂，十分乖巧地将包子蘸着加糖精的红茶，代替米饭吃得津津有味。

　　"中午喝酒，容易醉……"

　　"哎哟，真的是呢，身上都红了！"

　　就在这时，我无意中看见丈夫下巴颏的下方，叮着一只紫色的小蛾子——不，那不是蛾子，刚结婚的时候，我也看到过那个——我看着那个蛾子形状的印子，心里不由得一震。与此同时，丈夫似乎也注意到我的发现，慌慌张张地将披在肩上的湿毛巾胡乱地遮住那个印子。我方才悟道，原来他一开始用一条湿毛巾披在肩上，就是为了遮掩掉那个蛾子形状的印子，不过，我装作什么都没有发现，强颜开着玩笑说：

"雅子只要和爸爸一起，就会觉得包子很好吃呢！"

但这玩笑听上去却总像是在暗讽丈夫似的，反而令他有些扫兴，我自己也尴尬到了极点。恰好这时，突然邻居的收音机里开始播放法国国歌来，丈夫竖起耳朵仔细听着，自言自语似的说道：

"啊，对了，今天是法国革命纪念日……"

他勉强挤出一点笑意，像是在对雅子又像是在对我说：

"七月十四日，这一天啊，革命……"

话刚起了个头，他便突然哽住了。我一看，丈夫嘴角抽搐，眼睛里泛着泪光，一脸强忍着不哭出来的神情，但声音已经几乎是哭腔了：

"……攻占了巴士底监狱。到处是民众奋起，自那以后，法国的春季叙功宴就永远、永远、永远地消失了。但是，旧的那一套不摧毁是不行的，就算明知道可能永远都无法再建立起一整套新的秩序、新的道德，还是必须将旧制度统统摧毁！据说孙文在去世前就说过'革命尚未成功'，也许，革命是永远也不会最终成功的，但就算这样，还是必须奋起革命。所谓革命，它就是天然具有这样的性质，伤感，然而却是美好的。如果说革命到底能给我们带来什么，就是伤感、美好，还有爱……"

法国国歌还在继续播放。丈夫说着说着竟然哭起来了，随后他不好意思地勉强挤出一点笑容道："哎呀！真不中用，爸爸喝醉了酒就爱哭呢。"

说完，他扭过脸，起身去了厨房，一边用水抹脸一边继续说道：

"哎，不行了不行了，醉得不轻呢。居然为法国革命而哭了……我得去睡一小会儿。"

他朝六席的大房间走去，随后一切都安静了下来，可我知道，他一定是蜷着身子在饮泣吞声。

他不是为了革命而哭泣。不是的。然而，法国革命和家庭中的爱情或许极为相似，为了追求那种既伤感又美好的东西，法国的浪漫旧王朝必须摧毁，和谐平静的家庭也必须摧毁——丈夫心中的痛苦我能够理解，可是我仍然爱着我的丈夫，尽管我不是从前那个被纸治[31]深爱着、只知道在屋里围着锅台转的寒妻，但就像那首歌里所悲叹的那样：

　　人心隔肚皮
　　啊，你又怎知为妻的心里
　　如何想？

　　革命也好，摧毁旧制度也好，丈夫装作一切都与其毫不相干的样子，成天逍遥在外、有家不待，而怀着这样的悲叹、被撇下独自留守在家的妻子，只能永远窝在同一个地方，一成不变、孤独寂寞地叹息不止，这算怎么回事呢？难道只能听天由命，祈求丈夫感情的风向回转、痛苦地忍受这一切吗？现在两人之间有了三个孩子，为了孩子，事到如今也不可能与丈夫分开了呀。

　　连续两晚夜宿不归后，丈夫终于在自己家里睡了一晚。晚饭之后，丈夫和孩子们在檐廊上嬉戏，他在孩子

31　纸治：近松门左卫门所作净琉璃剧《心中天网岛》中的人物，描写大阪天满人纸屋治兵卫与曾根崎新地的游女纪伊国屋小春相恋，后于网岛的大长寺殉情自杀的故事。

们面前说话也是低声下气的，和蔼可亲地哄着孩子们。他笨拙地抱起今年出生的最小的女儿夸赞着：

"胖了呢！长成个小美女了呢！"

我若无其事地接口道："孩子很可爱是吧？看到孩子，是不是会想要多活几年？"

话刚说完，丈夫神情霍地一变。

"嗯！"他好像很痛苦地应了一声，我吓了一跳，出了一身冷汗。

睡在家里时，他大约八点左右就开始在六席的大房间里铺好自己的被褥和雅子的被褥，然后吊起帐子，强制让还想和父亲再多玩一会儿的雅子脱下衣服，换上睡衣睡下，随后自己也躺下、关灯，一天便就此结束。

我在隔壁的三席小房间里，把儿子和小女儿哄睡下之后，便开始做针线活，到十一点左右，我才吊起帐子，挤在儿子和女儿中间躺下，我们三个人不是并排睡成一个"川"字，而是一个"小"字。

我睡不着。隔壁的丈夫好像也无法入睡，我听到他的叹息声，不由自主也叹了口气，随即又想起戏里那个寒妻的感叹：

人心隔肚皮

啊，你又怎知为妻的心里

如何想？

丈夫爬起来走进我的房间，我紧张得身子都发僵了。但他只是随意地问我：

"呃，家里面没有安眠药吗？"

"有倒是有，不过我昨天晚上吃了，一点都不起作用。"

"吃太多了反而会不起作用，吃六粒刚好。"他的声音透着不高兴。

三

炎热的天气接三并四持续不断。由于酷暑，加上心事重重，我一点食欲都没有，脸颊骨凸起，喂婴儿的奶水也越来越少了。丈夫也是吃不下任何东西的样子，眼眶凹陷，射着两道瘆人的光，有时候还会自嘲自疚地笑着说：

"干脆彻底疯掉了，倒还好受些哪。"

"我也是。"

"正直的人不应该受苦啊。有件事我一直很想不通，为什么你们要这样诚实、正直地待我呢？这世上，生来就打算好好活下去的人和不这样打算的人，不是从一开始就能够一下子看透、分辨清楚的吗？"

"不是啊，我这个人感觉有点迟钝，只不过……"

"不过什么？"

丈夫用一种古怪的眼神盯着我的脸，真像一个疯掉的人似的。我迟疑着不敢说出口，啊，不能说，太可怕了，实际的事情半点都不能说漏嘴！

"只不过，看到您痛苦的样子，我也会痛苦……"

"喊，无聊……"丈夫微笑着说道，似乎松了一口气。

此时，我忽然感觉到一股久违的澈透心肺的幸福感。（没错，只要能让丈夫心情舒爽些，我的心情也会随之变得舒爽，这无关道德或其他什么，只要心情舒爽就好。）

那天深夜，我钻进丈夫的帐子。

"知道了，我想明白了，我什么都不多想就是。"

说完，我便躺了下来。

"Excuse me."

丈夫用沙哑的声音半开玩笑地说道，随后爬起来，盘腿坐在床上：

"Don't mind! Don't mind!"

那天晚上，夏夜的月满挂天空，月光透过木窗套[32]的破洞散成四五道细细的银线，射入帐子里，正照在丈夫光着膀子、瘦嶙嶙的胸膛上。

"您瘦了。"我也笑着半开玩笑地说，并坐起身来。

"你也瘦了，尽操些本来不该操的心，所以才这样。"

"不是呀，我不是说过了吗，我什么都不多想就是了，您放心吧，我很乖巧的。不过，您还是要经常哄哄我哦。"

说罢我笑起来，月光照耀下的丈夫也露出两排白牙笑了。

在我小时候去世的老家的祖父祖母经常拌嘴，每当这种时候，祖母就会对祖父说道：你得哄哄我呀！那时我还是个孩子，听了觉得很好笑，结婚后跟丈夫说起这事，两个人还为此大笑过。

此时我又提起了这事，丈夫仍然禁不住感觉好笑。

32　窗套：多为木板制，安装在日式房屋窗外的外层，用于防风、防雨及防盗，还可保持室内温度。

但随即，他的表情变得一本正经起来，对我说道："我是想好好疼你的，一点都不让你经受风雨，把你好好地供起来。你真的是个好人，所以，不要去想一些无聊的事情，拿出你的自信来，稳坐钓鱼船嘛。我会永远把你放在心中第一位的，这一点，无论你多么自信都不会过头的……"他这番话说得特别郑重其事，真令人扫兴，我感觉很不是滋味。

"可是，您变了。"我俯下头，轻声说道。

（我呀，索性被你遗忘、被你讨厌、被你憎恨，倒反而心情更加爽快些，一面那么在意我，一面却又爱着其他女人，你这样子是在将我往地狱里推啊！是不是男人们都有一种误解，以为对结发之妻不离不弃才算有道德？即使有了其他喜欢的人仍旧不忘发妻，这样才应该、才是良心的体现？想必都这样认为的吧？而一旦真的爱上了其他人，便会在妻子面前流露出哀郁、叹息，开始承受道德的煎熬，而妻子受到丈夫成天唉声叹气的负面情绪的影响，也会不由自主地跟着唉声叹气，假如丈夫的情绪能够轻快正常些，做妻子的就不会有如坠地狱般的感受了。爱上一个人，就请把妻子彻底忘掉，无牵无挂、一心一意地去爱好了。）

丈夫笑了笑，声音显得有气无力：

"我哪里变了？我是不会变的。只是最近这阵子天太热，热得让人受不了，我对夏天总是……Excuse me!"

无奈，我只好也微微笑着说了句："讨厌！"随即做出一副捶打他的样子，然后闪身离开帐子，回到我自己房间的帐子中，躺到儿子与小女儿之间，三人睡成一个"小"字。

尽管如此，能够轻松地和丈夫说说笑笑，我已经感到很高兴，心中的芥蒂也稍稍得到了一些化解。那天晚上，我难得毫无睡眠障碍，一直沉沉地睡到早上。

以后，我应该时不时地以这样的态度，在丈夫面前亦嗔亦喜、说说笑笑，撒个把小谎也无所谓，耍点反常的态度也无所谓，夫妻之间哪来那么多道德不道德的说头，我要尽力让自己活得轻松快活些，即使只是一点点、极其短暂的，哪怕只能给我带来一两个小时的快活也行——就在我改变观念、主动去亲近丈夫、家里开始响起阵阵爽朗的欢笑声的时候，一天早上，丈夫突如其来地说是要去温泉散散心。

"最近老是头痛，大概是天气太热了有点中暑的缘故吧。那个信州温泉，我认识一个朋友就住在温泉附近，他一直邀请我过去，说什么不用担心吃饭的问题，要我去那边静养两三个星期呢。照这样下去，我怕我会疯掉的，总之，我想逃离东京一阵子……"

我当时一瞬间的反应是，他想逃离那个女人吧，所以才想外出旅行。

"您不在的时候，万一有强盗持枪闯进来，我怎么办？"我笑着（啊，悲伤的人们常常会笑）说道。

"那你就告诉强盗说，我丈夫是个疯子！就算拿枪的强盗，他也怕疯子的。"

我想不出其他阻止他外出旅行的理由，只好从衣橱帮丈夫取他外出时穿的麻料夏服，但是找了一遭却就是找不见。

我顿时紧张起来："没有啊！这是怎么回事？不会是家里没人的时候溜进小偷了吧？"

"我把它卖了。"丈夫堆起一副笑脸答道，但那副样子跟哭没啥两样。

我吓了一跳，随即竭力装作若无其事似的继续说：

"嗬，您可出手真快！"

"这一点嘛，我比拿枪的强盗要强多了。"

我猜想，丈夫一定是为了那个女人而背着我私下需要钱。

"那，您穿什么出去呢？"

"穿件敞领衬衫就够了。"

早上刚说起，中午就要出门，一副恨不得马上离开这个家的样子。连着烈日炎炎的东京，那天难得下起一场阵雨，丈夫背着背包，穿上鞋子，坐在玄关台阶上等雨停下，他皱着眉，十分的不耐烦。忽然，他喃喃说道：

"这百日红，大概是隔年开花的吧。"

玄关前的百日红今年没有开花。

"大概是吧。"我也心不在焉地回了一句。

这竟是我和丈夫之间的最后一次亲密对话。

雨一停，丈夫便仿佛逃离一般地匆匆出了门。三天后，报纸上登出一小块文章，报道了那个诹访湖殉情事件。

之后，丈夫从诹访的旅馆寄出给我的信我也收到了。

"我和这女子不是为爱而死的。我是一名记者，记者总是一面怂恿别人革命啦或是打破旧制度啦，一面自己却抽身逃开、站在一旁拭着汗旁观，真是一种古怪的

166

动物，是现代的恶魔。我实在无法忍受这种自己看不起自己的自我厌恶，所以决定自己把自己吊上革命者的十字架。记者的丑闻。这是以往不曾有过先例的事对吧？假如我的死，能够有助于让那些现代恶魔稍稍脸红、稍有反省，我将感到无比欣慰。"

信中写的是这些无聊而愚蠢的话。男人啊，难道临死之际还非得要这样煞有介事地执着于人生意义什么的，言不由衷地说些假话以满足自己的虚荣吗？！

从丈夫的朋友那儿听到的消息说，那女人是丈夫以前工作过的神田那家杂志社的记者，二十八岁，我疏散至青森去期间，她住到了我们家来，好像还怀孕了什么的……唉！就这点点事情，还大吹大擂革命啦什么的，并为此殉情而死，我痛切地觉得，丈夫实在是个不成器的男人。

革命是为了让人生活得更好而采取行动。那种一脸悲壮的革命者，我信不过他们。丈夫为什么不能堂堂正正、轻松愉悦地去爱那个女人，同时也令身为妻子的我活得更加轻松愉悦一点呢？那种犹如地狱一般凄苦的爱情，当事人特别痛苦不用说了，更重要的是，给旁人造成多么大的痛苦啊。

减轻思想负担、让自己的心情变得更加愉悦，这才是真正的革命，只要能做到这一点，任何难题都会迎刃而解，连自己对妻子的感情都改变不了，这革命的十字架也实在太让人无语了——带着三个孩子、坐在前往谂访收容丈夫尸骸的火车上，我感到万分痛苦，不是因为悲伤和气愤，而是因为这种令人目瞪口呆、蠢到了家的愚拙。

好客的夫人

　　太太原本是位热心助人、喜欢请客款待的人……可是不，就现在的太太来说，与其说她是好客，不如说她对客人几乎是心生畏惧。玄关的门铃一响起，我先出去应门，随后走进太太的屋里告诉她访客的名字，太太已然像只惊弓鸟、随时准备鼓翅飞遁一样，神情紧张，又是拢梳鬓发，又是提整领襟，心浮气躁的，没等我的话说到一半便踩着小碎步急急地跑向玄关，用一种啼笑皆非、哨子般尖厉刺耳的滑稽声调迎接客人。接下来，她露着慌乱的眼神，穿梭于客厅和厨房之间，一忽儿碰翻了锅子，一忽儿打碎了盘子，还对身为女佣的我连声说"对不起、对不起"。等到客人走后，她一个人呆呆地歪坐在客厅里，既不收拾，也不做其他任何事，偶尔眼眶里还噙满了泪水。

　　听说这家的先生是东京大学[33]的老师，家境殷实，太太的娘家好像也是福岛县的富农，再加上两人没有孩子，夫妇二人就像不知疾苦的孩子一样，日子过得无忧无虑，悠闲自得。我是四年前来到这户人家帮佣的，当时正值战争艰困时期，大约过了半年，身为第二国民兵[34]，并且看上去就体格羸弱的先生突然被强征入伍，更倒霉的是立即就被派往了南洋群岛，没多久战争结束，先生却下落不明。当时的部队长官还给太太寄了张明信片，上面简略地写道，或许必须考虑到最坏的结果。自那以后，太太便开始越来越疯狂地招邀和款待客人，让人看了深觉同情，于心不忍。

　　不过在那位笹岛先生出现在这个家之前，太太的好客还仅限于先生的亲戚和太太的娘家亲戚什么的，即使先生去了南洋群岛，太太因为有娘家的足够接济，生活

33　原文是"本乡的大学"，是一般东京人对东京大学的俗称，因其位于东京都文京区东南部的本乡地区而得此名。

34　第二国民兵：日本旧时兵役的一种。根据明治二十二年（1889年）颁布的《征兵令》，常备兵役、常备兵役期满或接受过军事教育的预备兵役为第一国民兵，凡不属于第一国民兵且年龄在十七岁至四十五岁之间的男性统统为第二国民兵。

方面倒是没有什么压力，太太仍然得以过着平淡而有质量的生活。可随着笹岛先生那伙人的出现，一切都变得乱七八糟了。

这儿虽说位于东京的郊外，但距离市中心相对比较近，而且很侥幸地没怎么受到战祸的破坏，因此市中心那些房屋被烧毁、无家可归的人，便像洪水似的涌到这一带来了，走在商店街上，会感觉来往的行人统统变得面疏目生了。

大约是去年的年末，太太在市场里与差不多有十年未见的先生的朋友笹岛先生不期而遇，太太请他到家里小坐，这成为了日后劫数的肇端。

笹岛先生和这家的先生一样，也是四十岁上下，听说也在先生任职的东京大学当老师。不过，先生是文学士，笹岛是医学士，两人中学时是同班同学，这家的先生在购入这处宅屋之前，和太太曾在驹迁租公寓房小住过一阵子，当时笹岛先生是独身，恰好也住在同一栋公寓里，于是彼此间曾有一小段时间来往比较密切，先生搬到这边来之后，以及二人的研究领域毕竟不同的缘故，两人也就中断了来往，更不用说互相上门拜访了。到现在过了十多年，笹岛先生偶然在这儿的市场看到太太，于是便上前招呼。本来遇到熟人，太太只需简单寒暄一下、然后各走各的路也就好了，谁承想她却使出天生的好客劲，明明无意款待客人，又对客人过分热情，连连表示："我家就在这附近，要不去坐坐？"倒弄得好像非要请客人到家里去似的，于是笹岛先生身着和服，胳膊上挎着购物篮，模样滑稽地走进这个家里。

"哇！这房子真漂亮啊！没有被毁于战争，真是好运气！没有租给外人住啊？实在太奢侈了。不过，这家里本来就只有女人，而且收拾整理得这样整洁，人家反而不敢来租住了呢，就算租住在这儿想必也会感觉很不自在吧。不过，我真没想到太太就住得这么近。我倒听说过您家是在 M 市，可是，人呐，有时候就是稀里糊涂的，我疏散到这儿已经快一年了，却完全没留意到这里的门札，其实我常常从您家屋前经过的，去市场买东西，一定会从这条路走过的呢。唉！这场战争也把我害惨啦，刚结完婚立刻被征了兵，好不容易回到家这一看，家被烧了个一干二净，我太太带着我上前线时生下的儿子，两人去了千叶县的娘家避难，我想把她们娘俩接回东京来一起生活，可是没有地方可住，没办法，只好借住在那边的一间杂货铺三席大小的后厢房里，每天自己烧啊弄的,今天是想着晚上炖一个鸡肉火锅好好喝几口的,所以才提了这购物篮在市场里瞎转悠呢,反正沦落到了这般地步,干脆就破罐子破摔啦!我现在都弄不清楚自己到底是活着还是死了呢!"

他大大咧咧地在客厅盘腿而坐,只顾聊着自己的事情。

"真是不幸。"夫人说着,一冲动,惯常的好客癖又陡然作起祟来,眼神里满是同情。她小跑着来到厨房向我赔礼道:"小梅,真不好意思啊。"接着,吩咐我炖一锅鸡肉火锅和准备酒,随后又转身跑向客厅,刚跑出去却又折回厨房,又是生火又是拿茶具,虽说是早已习以为常的事,但从她的兴奋、紧张和手忙脚乱的举止中,却能感觉到些许的不满。

笹岛先生也在那边厚着脸皮大声说道:"哎呀,是炖鸡肉火锅吗?真不好意思,太太,我吃鸡肉火锅是一定要放蒟蒻条的,麻烦您了。另外,要是有烤豆腐的话就更好啦,光是放葱总感觉不过瘾呐。"

太太不等全部听完他的话就跌跌撞撞地跑进厨房来哀求我道:"小梅,真是对不起!"她显出一脸孩子般的尴尬神情,好像十分愧窘,又好像要哭出来似的。

笹岛先生嫌捏着小盅喝酒麻烦，于是便用玻璃杯"咕咚咕咚"地猛灌起来，很快喝得醉醺醺的。"对了，您丈夫一直到现在还是下落不明吗？哎呀，那十有八九是战死了，真要那样也没法子啊。太太，不幸的不止你一人哪！"他对这家先生的事情只三言两语便带过了，"我呀，太太……"接着又述说起自己的遭遇来，"无家可归，和我最亲爱的妻子分居两地，家里的财物、家什统统被烧了，衣服没了、被褥没了、蚊帐没了……我现在是一无所有啊。太太，借住在那间杂货铺的后厢房之前，我每天都睡在大学医院的走廊上，一个医生，比病人活得还要凄惨得多，我宁愿自己就是个病人哪！唉，实在是太苦了，太凄惨了。太太啊，您还算是幸运的呢。"

"嗯，是的，"太太连声附和，"我也这么想呢，和大家比起来，我真的是太幸运了。"

"没错、没错！下次我会带上我的朋友一起来，他们全都是和我一样不幸的人，所以只好请您多多关照哪！"

太太呵呵笑了，显得非常开心："哪里，别这么说……"随即又心平气和地说道："这是我的荣幸呢。"

从那一天起，这个家就变得乱七八糟了。

　　原来他说的并不是酒醉之后的胡话。过了四五天，他竟然厚颜无耻地真的带了三个朋友一起来了，还嚷嚷着说："今天医院搞了场忘年会，晚上准备在您府上喝第二轮，太太，我们接下来就要狠狠地喝个通宵了！刚才，我们还在为找不到合适的地方喝下一轮伤脑筋呢。喂！诸位，到这里完全用不着客气，快进来，快进来！客厅在这边，就穿着外套进来吧，天冷，受不了的！"他俨然像在自己家里一样吆喝着招呼其他人。朋友中还有一个女人，好像是护士，当着众人的面他也毫不避讳，公然和那女人戏谑调情。

　　接着，他又像吩咐下人一般地使唤起惴惴不安、勉强赔着笑脸的太太来："太太，对不起，请把这个被炉[35]点上吧。还有，麻烦您像上次一样帮我们准备些酒，要是没有日本酒的话，烧酒、威士忌也可以。还有，吃的东西嘛……哦对了，太太，今天晚上我们带了很好的礼物来请您享用呢，烤鳗鱼串！天冷吃这个可是最过瘾的哩。一串送给太太您，另一串就留我们自己享用吧。

35　被炉：日本的一种家庭取暖用具，在矮桌下面固定有电热热源，桌子上覆盖被褥垂下，盖住腿脚用以取暖保温。

还有，喂，你们谁带了苹果来的对吗？别舍不得了，赶快拿给太太！这种苹果叫'印度'，特别的香哪！"

我端着茶水来到客厅时，恰巧一只小苹果从不知哪个人的口袋里骨碌碌地掉落出来，滚到我的脚边停下，我真恨不得抬脚将它踢飞。就一只苹果！还厚着脸皮大言不惭地说什么礼物！随后我又看见了烤鳗鱼串，又薄又干，简直是鳗鱼干了。就这点可怜兮兮的东西算是拿来抵酒钱了。

当天晚上，几个人吵吵嚷嚷地一直闹腾到将近天亮，还硬给太太也灌酒喝。待到黎明时分，再看这伙人，围着中间的被炉横七竖八地挤作一堆倒地而卧，将太太也夹在中间，太太想必是一刻也无法入睡，其他人则是呼呼大睡，一直睡到正午过后才醒。一醒来又要吃汤泡饭，这下子酒大概也醒了，总算蔫了吧唧不那么闹腾了，尤其是我已经不加掩饰地脸上挂着怒色，这伙人都故意避着不与我打照面。最终，像半死不活、无精打采的鱼似的，灰溜溜地挨个离开了。

"太太，您怎么和那些人挤在一堆里胡乱躺下了？我可见不得那种不检点的事啊！"

"真不好意思，我……实在没法说不啊。"

太太因缺少睡眠而显得脸色苍白、疲惫不堪，眼眶里还噙着泪水，听她这样说，我便不再多说什么了。

之后，这伙狼虫的来袭变得越来越肆无忌惮，这个家几乎变成了笹岛先生及其朋友的宿舍，即使笹岛先生不来，笹岛先生的朋友们也会来食宿，每次来，太太都被要求和他们一起杂陈而睡，结果照例只有太太一人片刻也无法入睡，原本身板就不怎么结实，终于等到家里没客人的时候，她总是抓紧时间在补觉。

"太太，您憔悴得都不成样子了，像那样的客人就不要再招待他们了！"

"对不起，我没法不招待啊，你看他们都是些不幸的人呀，来我家串门是他们唯一的乐趣了。"

太不值了！太太的财产状况已然很让人担心了，照这样下去，再有半年恐怕就不得不卖房度日了。尽管如此，她没有向客人流露出丝毫的不安，身体也越来越差，但只要一有客人来，她仍会马上爬起来，迅速地整理一下妆容，然后快步走向玄关，第一时间用那啼笑皆非、让人感觉十分滑稽的笑声迎接客人。

那是早春时节的一天夜晚。家里照例又来了一伙客人，喝得醉醺醺的，我便向太太提议，反正他们又要折腾个通宵的，不如我们趁隙先吃点东西填填肚子吧。于是，二人就站在厨房，吃了点蒸馒头充作一顿饭。对客人，太太总是毫不吝惜地拿出各种可口的食物，对自己却总是胡乱吃一点将就着对付。

恰在此时，从客厅传来醉醺醺的客人们猥琐的笑声，紧接着，"哎呀呀，不是这么回事吧？我算是瞧出来了，你和她有那么点暧昧哪！那样一个半老徐娘，你居然……"听到他们夹杂着医学用语在说那种肮脏的侮辱人的事情，实在不堪入耳。

随即，一个好像今井先生的年轻声音回答道："你说什么呢！我来这里玩可不是为了找爱情，这里嘛，只不过是个睡觉的地方……"

我抬起头，怒从心头起。

昏暗的灯光下，低着头默默吃着蒸馒头的太太，此刻眼眶里清清楚楚泛起了泪光。我打心底替太太感到痛心，但一时却什么话也说不出来，倒是太太仍旧低着头，平静地对我道："小梅，不好意思，明天早上请烧好洗澡水，今井先生喜欢早上洗澡。"

但当时太太只在我面前露出一丝怅憾的神情，过后就像什么事都没有发生过一样，继续快步奔走于客厅和厨房之间，向客人展现出灿烂的笑容。

　　我知道，太太的身体日渐虚弱，可是太太面对客人的时候，一点也没有表现出疲惫不堪的样子，而客人们个个都是专精的医生，却没有一个人察觉到太太的健康状况出现了问题。

　　一个宁静的春天早晨。很幸运，这天早晨一个宿客也没有，我便一个人悠闲地在井边洗衣服。这时候，太太赤着脚摇摇晃晃地走到庭院里，来到开满棠棣花的围墙边忽然蹲下身子，吐了很多血。我惊叫一声，赶紧从井边跑过去，从后面抱住太太，连扛带拖地将她弄回房间，让她平躺下来。随后，我哭着对太太说：

　　"因为这样，就因为这样，我讨厌那些客人！现在弄成了这样子，那些客人不是医生吗，他们要是不能让您的身体恢复到原来的样子，我可不答应！"

　　"别这样！这种事情不可以跟客人说起的，他们会觉得自己负有责任而不好意思的。"

　　"可是，身子都这么差了，太太您以后打算怎么办？还想硬撑起来招待客人？要是挤在客人堆里一起睡觉时吐血的话，可就当众出大丑啦！"

　　太太闭上眼睛想了一会儿说道："我想回一趟娘家。

小梅，你留下来照顾客人们食宿，那些人没有一个家，好让他们放松地休憩。还有，我生病的事千万不要告诉他们。"太太说着，露出亲切的微笑。

趁着没有客人来，我当天便开始收拾起行李。我心想，无论如何还是陪太太回娘家福岛比较妥当，因此买了两张火车票。第三天，太太的状态好了许多，刚好又没有客人，我便像逃难似的催促着太太赶快动身。关好防雨套窗、锁上门，刚刚走出玄关——

糟糕透了！笹岛先生大白天喝得醉醺醺的，带着两个像是护士的年轻女子就站在家门前。

"哎呀呀，夫人您这是要外出吗？"

"啊不，没关系。小梅，不好意思，快去把客厅的防雨窗套打开。请进先生，别介意，快请进来吧！"

太太用她那啼笑皆非的声调，同年轻女子们也打了个招呼，然后像只团团转的老鼠似的又开始了热情的款待。

我被吩咐外出买东西，当我在市场打开太太匆匆忙忙误当作钱包递给我的旅行用手袋，准备掏钱的时候，却惊讶地发现太太的火车票已被撕成了两半，一定是在玄关撞见笹岛先生时，太太悄悄将它撕毁的。我不禁为太太这种无穷无尽的亲切而愕然，同时，我猛然觉得自己有生以来终于明白了，人这种生物，毕竟不同于其他动物，因为人有着某种高贵的东西。于是，我从腰带中抽出我的那张火车票，也悄悄将它撕成两半，随后在市场里努力搜寻，准备多买些美味的食物回去好好款待客人。

叶樱与魔哨

每到这个樱花散落、枝上长出新叶的时节，我准又会想起来。——老夫人说开来——

那是三十五年前的事了。那时候父亲还健在，我们一家说起来，母亲在此七年前我十三岁的时候就已经离世，此后便是父亲、我和妹妹组成的一个三人家庭。我十八岁、妹妹十六岁时，随父亲前往岛根县一个濒临日本海、人口只有两万多的小市镇，父亲转来这里担任中学校长，由于一时租不到合适的房屋，我们便在小镇的僻野之处、挨近山脚的地方，向一座孤零零矗立在那儿的寺院租下了宅地内单建的那栋屋子来住，一共有两间房，一直住到第六年父亲转任松江中学为止。我结婚是搬到松江以后的事了，是我二十四岁那年的秋天，在当时算是结婚结得相当晚了。由于母亲去世得早，父亲又是一副固执的学者性格，完全不谙世事。一旦我不在，家里所有操持全都会乱套，我深知这一点，所以尽管此前有过很多次议亲的话头，但我却舍不下这个家，不想嫁出去。至少，也要等到妹妹能够撑起这个家来，我才会稍稍放下心来考虑婚事。可是，妹妹不像我，她人长得非常漂亮，头发也长长的，绝对是个美丽、可爱的女孩，只可惜身子病弱，我们随父亲搬去岛根县那个小市镇的第二年春天，十八岁的妹妹就死了，那年我二十。现在我要讲的就是那时候的事。妹妹很早以前身体就不行了，她得的是一种叫肾结核的重病，发现的时候，据说两侧的肾脏都已经被结核杆菌感染，医生明确地告知父亲也就是百日以内的事了。看来已经无计可施了。过了一个月、过了两个月，第一百天也越来越迫近了，我们仍然瞒着妹妹，什么也不告诉她。妹妹对自己的病情一点不知情，反倒显得精神很好，虽然只能整天躺在床上，但她仍很开朗地又是唱歌又是谈笑，还对我撒娇。想到再过三四十天她就将死去，这是明摆着的不争的事实，我的心里就实在不是滋味，浑身像被针扎一样，痛苦万分，我几乎快要疯了。三月、四月、五月，对，是五月的中旬，我永远不会忘记那个日子。

田野和山岗一片嫩绿，天气暖洋洋的让人想脱光了衣服。葱翠的新绿晃得我眼睛发痛，我一只手插在腰带里，一边胡思乱想着，一边垂头丧气地走在田间小径上，心里装的、脑子里想的，全是令人苦不堪言的事，几乎让我喘不过气来，我难受得扭曲着身子走在小径上。"咚！咚！"从春天的泥土底下不间断地传来阵阵可怕的声响，好像是从极乐净土中发出来的，幽幽的，但是音域宏阔，仿佛有一架巨大的鼓在地底擂响。我闹不清这可怕的声音究竟是怎么回事，以为是不是自己发疯了，我呆呆地站在原地，浑身好像被冻住一样，突然"哇！"地大叫一声，随即站立不稳一屁股跌坐在地上，放声大哭起来。

后来我才知道，那可怕的莫名其妙的声音是日本海大海战中从军舰上发射的炮声，这场海战是为了一举消灭俄国的波罗海舰队由东乡提督下令展开的，那天正好是海战最为激烈的时候。今年又快要迎来海军纪念日了，当时那座海边小市镇的人们听到了可怕的"咚！咚！"炮声，大概都吓得痛不欲生吧，但我对此毫无感觉，因为我满脑子只想着妹妹的事，几乎要发疯了。

我只觉得那声音就像从地狱响起的不祥的鼓声，我坐在地上掩面哭泣，很长时间没有抬起头来，直到天色发暗，我才站起身，像个死人似的，意识恍惚地回到寺院。

　　"姐姐。"妹妹在唤我。那阵子妹妹显得形容枯槁，浑身无力，她似乎隐隐约约知道自己来日不多了，不再像以前那样不时对我提些无理的要求、向我撒撒娇，但这样反而让我更加难受。

　　"姐姐，这信是什么时候送来的？"我胸口一震，同时清晰地意识到自己脸色苍白。

　　"什么时候送来的？"妹妹的问话似乎很随意，于是我鼓起勇气说道："就刚才啊，你睡着的时候。你睡的时候还露着笑呢，我把信悄悄放在你枕边了，你不知道？"

　　"噢,我不知道呀。"妹妹在黄昏渐近的昏暗房间里，苍白而美丽地笑着。"姐姐，信我看了。真奇怪，这个人我不认识啊。"

　　怎么会不认识？我知道这个叫M.T的寄信人，我确实知道这个男人。哦，我虽然没有见过他，但五六天前我悄悄整理妹妹的衣橱时，在其中一格抽屉的底层发现了一束信件，用绿色丝带扎紧着藏在那儿。我明知偷看妹妹的信不好，但还是忍不住解开丝带来看。信大约有三十来封，全都是由那个M.T寄来的。当然信封上并没有写着M.T的名字，但是信里面却很清楚地写有这个名字。另外，因为信封上的寄信人写的是各色各样的女孩名字，它们全是真实存在的妹妹的朋友的名字，所以我和父亲做梦也没想到妹妹会和一个男人有这么多通信。

我猜想，这个叫M.T的人一定是费了一番心思，打听到了许多妹妹的朋友的名字，然后冒用她们的名字写信来的。我不禁为年轻人的大胆而惊叹不已，想到万一被严厉的父亲知道的话，不知道会发生什么事情呢，我害怕得身子都在发抖。然而，当我按照日期顺序一封封读下来，我却不由自主地感觉阵阵欣喜，有时实在忍俊不禁还独自咯咯发笑，到最后感觉似乎有一个广阔的世界也在向我打开来。

那时我刚满二十岁，身为一个年轻女性，自然有许多难以启齿的苦恼，而这三十来封信，简直让我有种清涧沁过心坎的感觉。我一口气读下来，一直读到去年秋天写的最后一封信时，我蓦地跳了起来，那种感觉大概像是遭到雷电轰击似的，因为我似乎偷窥到某个肮脏的场面，不由得吓了一大跳。看来妹妹和那个人的恋爱不只是两心相悦的精神恋爱，而且在向更加丑陋的方向发展。我当即将信烧毁，一封不留地统统烧掉。M.T住在镇子上，好像是个贫穷的歌人[36]，怯懦的他得知妹妹的病情之后竟抛弃了妹妹，恬不知耻地在信中写着"让我们彼此忘记对方吧"之类狠心的话，并从那之后，似乎就再也没有给妹妹写过信。这件事情，假如我保持沉默永远不向别人提起的话，妹妹将会以一个清纯少女的形象走向死亡，谁都不会知道，于是我强抑住满腔的苦恼。可是当我知道事实真相后，却越发觉得妹妹可怜，脑子里浮出各种奇怪的念头，心里很不是滋味，胸口阵阵发痛，这般苦恼的感觉，这般难受的痛苦，不是这个年龄的女性是无法理解的，那简直就是人间地狱。我为此郁郁不乐，好像自己亲身遭遇了这份痛苦，那一阵子，我的确变得有些不太正常。

"姐姐，请您帮我念念吧。到底是怎么回事，我一点也不明白。"

---

36 歌人：从事写作和歌（一种以五音和七音为基调的日本文学固有的诗歌形式）的人。

妹妹的不诚实让我打从心底感到恨恨的。

"要念吗？"我轻声问道，从妹妹手上接过信来的手指因不知所措而微微颤抖着。其实不用打开来读，信的内容我也知道，但我不得不装作什么都不知道的样子将它念出来。信是这么写的——我并没有认真看着信，提高声音念了起来：

今天，我要向你道歉。之所以一直忍到今天都没有写信给你，全都是因我太缺少自信。我贫穷，又没有才华，无法给你任何东西，我只能用语言——里面没有半点的虚假——我只能用语言来证明我对你的爱，除此以外我一无所能。我恨自己的无能。我整天，不，就连在梦中也不曾忘记过你，但我却什么都不能给你。因为这样的痛苦，我想过离开你，看到你的不幸越来越大，我对你的爱情越陷越深，我就越来越不敢接近你，你能理解吗？我绝不是在敷衍骗你。我以为，这是我自身的正义感和责任感使然，然而这是我的错觉，我完全错了。很抱歉。我只是在你面前竭力装作一个完美无缺的人来满足一己私欲而已。我们不过是因为孤独且贫穷，因为百无聊赖，所以才用夹杂着些许诚实的语言聊以相慰，这是一种谦逊、理想的人生方式，至今我仍这样坚信。我认为，人应该在自己力所能及的范围内为践行这一人生理想而不断努力，哪怕只能做一点点事情也好，我坚信，即使是赠予一枝蒲公英，只要你毫不感觉自卑，那就是一个最有勇气的男子应取的态度。我将不再逃避。我爱你，我会每天写一首诗送给你，还会每天在你的庭院墙外吹口哨给你听，明晚六点，我将用口哨吹一首《军舰进行曲》送给。我口哨吹得很棒的哦。眼下，只有这个是以我之力可以奉献给你的，请不要取笑我。不，你取笑吧，只要你能健健康康地活着。神明一定会照拂我们的，我相信。你和我都是神的宠儿，我们一定能幸福地结合。

　　殷殷眼盼盼，今岁花始开；乍闻桃花白，分明红丹丹。

　　我在努力，一切都将会好起来的。再会，明天见！

M.T

　　"姐姐，我知道了，"妹妹以清脆的声音喃喃道，"谢谢你，姐姐！这是姐姐写的吧？"

　　我顿时难为情得要命，恨不得狠狠揪扯自己的头发，然后将信撕成碎片。坐立难安形容的大概就是这种感受吧。信是我写的。我因为实在不忍看到妹妹如此痛苦，于是就打算一直到妹妹离去，我每天都模仿M.T的笔迹给她写信，绞尽脑汁拼凑蹩脚的和歌，甚至还准备明天晚上六点偷偷跑到寺院墙外吹口哨。

真丢人！不光写了信，还写了蹩脚的和歌，实在太难为情了。我脑子一片空白什么都想不出来，也无法当即回答妹妹。

"姐姐，你不要为我担心啦。"妹妹显得令人难以置信的平静，她微微笑着，那笑容美丽得简直令人肃然起敬。"姐姐，你看过那些用绿色丝带扎起来的信了对吧？那是假的！我因为太寂寞了，所以从前年秋天起，自己偷偷写了那样的信，然后再寄给自己的。姐姐，你不要瞧不起我！青春，是多么宝贵啊，自从生病后，我开始慢慢想清楚了。自己给自己写信，真是丢人、下流、愚蠢到家了！假如我真的大胆地爱上一个男人该多好呀，我真想把自己的身体紧紧依偎在他怀里。姐姐，我直到今天，不要说恋人了，就连和别的男人说说话都不曾有过呀。姐姐也一样吧？姐姐，我们都错了，我们太乖巧太听话了……啊，我不想死，我的手、手指、头发它们太可怜了，我不想死，不想死！"

我又悲伤、又害怕、又高兴、又抱疚，一时间五味杂陈，不知道该如何是好。我将脸紧紧贴在妹妹那瘦悴的脸颊上，轻轻抱住妹妹，任眼泪不住地流淌。就在此时，忽然传来了口哨声——声音低幽，但没错，正是《军舰进行曲》。妹妹也在侧耳倾听。一看时钟，啊，刚好是六点。一阵无可名状的惊恐，令我们紧紧地、紧紧地抱在一起，一动也不动，听着不可思议地从院子里长出新叶的樱花树丛中传来的那首进行曲。

　　神明是存在的，一定存在的，我相信。其后第三天，妹妹死了。医生歪着头感到不解：看她如此安详，应该是呼吸停止许久了吧？但当时我并没有感到惊讶，我相信这一切都是神的旨意。

　　现在上了年纪，种种物欲多起来了，真是羞死人了。信仰什么的倒好像变得淡薄了。我有点怀疑，当年那支神奇的口哨，会不会是父亲所为？我猜想，也许是下了班从学校回来，悄悄在隔壁房间听了我们的对话，不禁悲上心头，于是向来严厉的父亲便制造了他这辈子唯一的一次骗局吧，但也许不是。假如父亲还在，倒可以问一问他是不是这么回事，可父亲去世差不多都已经十五年了。不对，那一定是神的眷顾。

我宁愿相信是的，这样我也可以安心了，但是随着年岁渐长，物欲渐炽，而信仰却越来越淡薄，真是没指望了。

[全书完]

女生徒

产品经理｜张　幸　　　装帧设计｜付诗意
技术编辑｜白咏明　　　责任印制｜梁拥军
监　　制｜何　娜　　　出品人｜吴　涛

图书在版编目（CIP）数据

女生徒 / (日) 太宰治著；陆求实译. -- 天津：
天津人民出版社, 2020.1（2021.6重印）
ISBN 978-7-201-15452-7

Ⅰ.①女… Ⅱ.①太… ②陆… Ⅲ.①短篇小说 – 小
说集 – 日本 – 现代 Ⅳ.①I313.45

中国版本图书馆CIP数据核字（2019）第228805号

女生徒
NÜ SHENGTU

出　　　版	天津人民出版社	
出　版　人	刘　庆	
地　　　址	天津市和平区西康路35号康岳大厦	
邮 政 编 码	300051	
邮 购 电 话	022-23332469	
电 子 信 箱	reader@tjrmcbs.com	
责 任 编 辑	张　璐	
特 约 编 辑	扈梦秋	
封 面 插 画	奚海洋	
制 版 印 刷	北京盛通印刷股份有限公司	
经　　　销	新华书店	
发　　　行	果麦文化传媒股份有限公司	
开　　　本	787 毫米×1092 毫米　1/32	
印　　　张	6.25	
印　　　数	125,001-145,000	
字　　　数	100千字	
版 次 印 次	2020年1月第1版　2021年6月第14次印刷	
定　　　价	39.80元